CL.

UD 云雾2.2

MIS T

王侃瑜————著

上海文艺出版社
Shanghai Literature & Art Publishing House

穿越时空的少女（代序）

丁丁虫 / 科学文学评论者

10 年前，《三体》还没出单行本，也鲜有人知道"雨果奖"不是纪念维克多·雨果的奖项，总之科幻在那时候只是小圈子里的自娱自乐。就在那样的一天里，我去复旦大学参加科幻活动，看到教室里有个略显瘦弱的女孩子，站在讲台黑板前面，指挥一干同学布置教室，接待嘉宾，把一切事情安排得井井有条。那便是我第一次认识侃瑜。

后来见得多了，一起联络科幻同好，一起筹办上海高校科幻联盟，一起策划各种科幻活动。虽然侃瑜也有做到疲惫的时候抱怨说"太难了，不干了"，但是一转身又会干劲十足地去做那些常人看来吃力不讨好的事情。能够坚持那么久，大约也是小时候的科幻梦想从未熄灭的缘故。说起来，人生中大抵总有那么一个阶段，会对科幻产生不可抑制的兴趣。只是随着慢慢长大，有些人放下了科幻，去追寻别的爱好；但也有些人一直没有离开，把科幻当成自己一生的兴趣。侃瑜无疑应该是后者吧。

所以侃瑜人生中第一本小说集写的是科幻，自然也在意料之中。就这本小说集里的故事主题而言，换了别的同龄女生，恐怕都不会选择科幻这种类型来表现。毕竟科幻代表的往往是冰冷生硬不近人情，似乎与粉色的少女情怀并不搭配，更不用说几乎没有哪个少女会从甜蜜的爱情中联想到科幻这样的东西。但对于一直都热爱科幻的人来说，把一切想要展现的主题都用科幻的方式展现，其实再正常不过。

科幻本来就是描绘现实的最强有力的文学类型，而要展现人类的感情，尤其是人类感情中最美好的爱情，难道还有什么类型比科幻更合适的吗？所以在侃瑜的笔下，未来技术的发展会改变人类的生活方式，会让人类居住在完全陌生的星球环境，会把个体改造成截然不同的类型，但所有这些都改变不了人类的感情，当然更改变不了爱情。甚至就连各方面远远超越人类的人工智能，穷尽世界上的一切资源，只为获得如同人类一样的感情能力。她在作品反复强调的是，哪怕技术的进步会改变一切物质内容，但它永远改变不了人性中最美好的东西。

这恰是一个热爱科幻的少女写的小说，也只有热爱科幻的少女才能写出这样的小说。侃瑜用这本小说集告诉我们，科幻并不只有冰冷的末世，同样也会有真挚的温情。

而且我相信，这不会是最后一本。

目 录 ╱

潮汐历

1

踏上比喆地表的那刻，叶芙努力抑制心底的兴奋，随人流步下飞船。赫林公民在比喆的入境手续非常简单，叶芙刷了刷她的身份芯片便顺利过关。她拖着行李走出航天船坞，拐进一侧的角落，四下张望确认无人后，松开紧绷的面部神经放声大笑，成功了！她终于登月了，爸妈还以为她在赫林背月面跟朋友一起毕业旅行，绝对想不到她已身在比喆。笑够以后，她闭上眼，深吸一口气，咸咸的、带点腥味，与历藻的味道一模一样，这是海的味道，群岛的味道，月亮的味道。许多年后，《叶芙传》一定会这么开头："在她十八岁那年，来自赫林的叶芙第一次踏上比喆，这是她解开历藻之谜的重要一步，是她成为双行星最伟大生物学家的开始……"不好不好，还是加个"之一"吧，这样才能体现她的谦逊。想到这里，她又一次笑出声来，走向接驳船港口时，上扬的弧度仍挂在嘴角。

未来的生物学家叶芙没想到，水上接驳船竟晃得这么厉害，与航天飞船的平稳简直是天壤之别。抵达月陆岛时，她脚底发软，胃里翻江倒海，跌跌撞撞上岸后，叶芙所做的第一件事就是趴上扶栏。在她吐出来的前一刻，一个覆了防水膜的纸袋罩到她嘴下，飞船上的大餐连同临行前在家吃的最后一顿全部进了纸袋。叶芙接过纸巾擦拭嘴角，挤出一句苍白的感谢。

"在比喆，记得学会控制自己，我们的环境经不起更多污染，再这样下去，群岛迟早会变成垃圾堆。"一个男声说道。

叶芙抬头，正看到那人仔细封好袋口，丢进路边的垃圾箱。

"走吧，叶芙小姐，你和照片上长得一模一样，我想我不会认错。"他拖起叶芙的行李箱，往前走去。

叶芙没有动。

他回过头，帽子遮住他大半张脸，眼镜片反射阳光，叶芙看不清他的表情。"叶芙小姐？"

"我不知道你是谁。"叶芙撑住扶栏直起身子。

"抱歉，我以为你能猜到，"他摘下帽子按在胸前，微微欠身，"我叫苏文，你在月陆岛的房东。"

房东把叶芙带进房间后便没了影，她翻看桌面上的宣传单——四叶群岛一日游、背月面探险之旅、彗星经过的浪漫邂逅之夜……哼，不知道这些广告商塞了多少钱给那个臭脸房东才能把宣传单放到这里，虽说他是来港口接她了，也在关键时刻递上了呕吐袋，可那副教训人的口气算什么嘛，说得好像叶芙是个没素养没智商的观光客似的，怪不得他的房源地段那么好，租金却那么低。难道比喆真像妈妈说的那样

4

没什么好人？不不不，怎么能以片面印象随意下结论呢，叶芙摇摇头，甩开这个想法。

她也对自己生气，从赫林到比喆两个标准日的飞船航程她没晕船，从航天船坞到月陆岛不到半个标准时的航程却晕成这样，太没用了，难怪被当成没见过世面的赫林佬。可航天飞船也好，水上行船也好，她都是头一回坐。在赫林，去哪里都能搭车，葵江上的大桥一座比一座宏伟，渡船早就成了历史。叶芙从没离开过赫林，除了去近郊看外婆，连月见城都很少出。外婆，唉，如果外婆还在的话一定不会怪叶芙没用吧，她肯定会支持叶芙独自来比喆旅行，绝不会像爸妈那样把她看得那么紧，好像比喆是什么凶险之地似的。

2

四岁的叶芙头一回跟妈妈去看外婆，那也是她第一次出月见城，汽车在公路上开了很久，四周的楼房逐渐被荒野替代。

"外婆在背月面住了三十标准年，才搬到这里不久，你得听话，不要给外婆添麻烦。"爬上长长的台阶后，妈妈蹲下身为叶芙整了整领子。

"妈妈，背月面是什么？"领子有点紧，叶芙缩了缩脖子。

"就是看不到月亮的那一面，看不到比喆的那一面，赫林的月亮就是比喆。我们的赫林和天上的比喆就像两个球，一直都以同一面朝向对方，月见城在向月面，所以每晚都能见到月亮，外婆住的月无镇，也是妈妈出生的地方，在背月面，从来都看不到月亮。"

"我可以去月亮上看赫林吗？"叶芙侧过脑袋，衣领更紧了。

"……不行。月亮上很危险，那里的人，和我们不大一样，没什么好人。你还太小，不，你长大后最好别和月亮扯上关系。"

叶芙还想问月亮上的人到底有什么不一样，妈妈却已站起身，按响门铃。

门里走出一位妇人，藏青色长裙，月白色披肩，乍一看好像妈妈，细看却不一样，她的眼角有皱纹，青丝间夹着白发。

"妈。"妈妈叫她，又扯扯叶芙。

"外婆？"叶芙小声叫道。

妇人笑了，引她们入内。

妈妈和外婆坐在客厅里聊天时，叶芙独自探索整栋房子。她从没见过那么大的房子，比双子女神庙还宽敞，她从一个房间窜到另一个房间，从房里窜到房外。她看见满坡的月葵，从后院一直开到山脚，她冲进月葵田，好像跌进天堂。四岁的叶芙最喜欢的花就是月葵，银白色的月葵像极了天上的月亮，满山的月亮向她招手。

等到天上真的出现月亮，叶芙被妈妈唤进屋。客厅亮起灯，通往后院的门被锁上，妈妈和外婆还在聊天，叶芙只得重新探索一遍那些房间。黑夜中的房间比白天多了分神秘，却没有多大不同，叶芙有点困，什么时候才能回家呀，她揉着眼睛推开下一扇门。黑暗中荧光点点，墙上光纹斑斓，她迈不开脚步了。她记得白天来过这里，硕大的透明水缸，一株绿色植物漂浮其中，没什么特别的，可到了晚上，植物在水中飘荡，光纹在墙上摇曳，如梦似幻。

"那是历藻。"不知什么时候，外婆进来了。

"真漂亮。"叶芙说。

"嗯，月亮上的植物。下次你来，外婆给你讲历藻的故事，月亮的故事。"外婆伸出手，轻轻地，慢慢地，揉了揉叶芙的头发。

回家路上，叶芙问妈妈："我们什么时候再来看外婆？"

"你喜欢外婆吗？妈妈想让外婆搬来和我们一起住，可她不愿意。"

"我喜欢外婆，外婆说下次要给我讲历藻的故事，讲月亮的故事。"

隔了一会儿，妈妈才回答："以后，少跟外婆提月亮。"

"为什么？我想听月亮的故事。"

"不为什么。月亮上的人很危险，外婆……吃过苦。你最好也离月亮远些。"妈妈发出一声叹息，很轻很轻。

3

叶芙的第一站是月陆岛的码头市集，听说这里与赫林的月见城中央广场市集不相上下，汇聚了最新鲜的海产和来自全比喆的珍奇货色，想必也能找到历藻吧。离开赫林前，她把外婆的历藻阴干了装进盒里，干燥的历藻看起来就像枯死了一样，遇水却能重新复苏生长，所以带干历藻远行不占地方又不占分量，再方便不过。叶芙研究历藻已经有段日子了，但赫林与比喆的环境毕竟不同，外婆那株历藻又只是单一样本，想要解开历藻之谜，还是得找到比喆土生土长的历藻。

临海天气多变，月陆岛商会专门为码头市集搭建了顶棚，又装上门帘挡风。叶芙走近一个竖着"万物商店"招牌的摊位，店主迎上前说："小姐想买什么？我们店里什么都有，比喆背月面深海的暗珊瑚、采珠人的全套装备、十二姐妹岛的祈福编织手链……对了，你一定会喜欢这个，古地球复刻版天文望远镜，正好用来看彗星，这可是头一回有彗星这么近距离擦过比喆啊，千载难逢，说不定还能看见流星雨，千万不能错过。"

"彗星在赫林也是个大新闻，可我想问的是历藻，会发光的历藻，你这儿有卖吗？"

摊主摇摇头，说："你可难倒我了，小姐。历藻产量连年降低，今年的市场上连历藻的影子都没有。"

"怎么会？不是比喆名产吗……"

"环境污染，恶意收购，谁知道呢，这种事情啊说不准。不过，我这儿有产自月界线的三十叶，顶漂亮的观赏类海藻，小姐不考虑看看么？"

"不了，我是专为找历藻来的，不只为了观赏。"叶芙留给摊主一个微笑，走向下一个摊位。

逛完整个码头市集，叶芙一无所获，走出市集顶棚覆盖的区域，她才发现天已经黑了。她一眼看到赫林，它就挂在中天，右侧的七八成可见，缺了一小块的光亮圆盘显得有些笨，又有些可爱，那光是暖色的，半凝固的奶油般，连带周遭的一小片天空都看起来很好吃。叶芙甩了甩脑袋，赶走吃的念头，那可是她的母星赫林啊，对比喆来说就是月亮。她的肚子发出咕的一声，她这才想起自己还没吃饭。

坐进路边的海鲜大排档后，她要了烤雪贝、炸星鱼和海鲜浓汤。叶芙对水产的印象不怎么好，在赫林能吃到的要么是鱼刺多如天上繁星的淡水鱼，要么是从比喆进口的冰冻水产，又腥又柴，几乎难以下咽。可既然来了比喆，怎么能不尝尝最有名的新鲜水产？

喝下最后一口海鲜浓汤后，叶芙抚着肚子说："真好吃！我从没吃过这么美味的海鲜。"

围着围裙的老板哈哈大笑，说："外星球来的吧？我们比喆的新鲜水产可是全联盟闻名。"

"嗯，赫林来的，听说比喆海鲜好吃，没想到这么好吃！老板手艺真好！"

"这铺子是我爷爷的爷爷开的，一直传到我这儿，我还没这灶台高时就开始学生意了，没有谁比我更了解月陆岛周边的水产了。"

"哦？"叶芙问："那，老板你知道哪里有历藻么？"

"历藻？好几年没见过啦，"老板放下手里的汤勺，"都被鼓吹潮汐历的那群家伙捞了去，说是他们的圣物。"

"潮汐力？引潮力？"天体之间的作用力和历藻有什么

9

关系?

"不是,一群神棍打着复兴传统的旗号鼓捣出个奇怪历法,说是联盟标准历与我们的天然时序不符,比喆不必迎合联盟,按照行星运动和本土物候的变化确定历法才更科学,有助于比喆发展。"

赫林通用的是联盟标准历,据叶芙所知在比喆乃至全联盟都一样,这潮汐历倒有些意思,可她在意的不是历法。"找到这群倡导潮汐历的人就能找到历藻么?"

"他们可不会轻易交出历藻,"老板摇摇头,"对了,最近那帮家伙似乎有个祭典,不过只对本星人开放预约,得有比喆身份芯片才行,回去问问你住的酒店前台或者当地朋友,看看他们能不能帮你预约吧。"

叶芙站在苏文的房门前。唉,到头来,她还是不得不求助于臭脸房东,不晓得他又会说出怎样的话,罢了罢了,就连她一向不喜欢的水产都令她刮目相看,说不定她对苏文的第一印象也不准呢?她深呼吸,敲响房门。

苏文从门后探出半个脑袋:"什么事?"

"嗨,你好,"叶芙露出她最纯真的笑容,"我想,能不能请你帮个小忙?"

"每样东西的使用方式都贴在上面了,除此之外不提供额外服务。"说着,苏文就要合上门。

"等一下!"叶芙用力推门,也许是没料到她的反应,门那边的力气微不足道,叶芙发现自己进入了苏文的房间,苏文则被推到一旁。

房里没多少家具，微弱的光线透过窗帘的缝隙钻进屋内，照亮窗台一角，那一角摆着一盆植物。

"你也喜欢月葵……"叶芙没想到会在这里看到赫林引以为傲的花卉，可她马上注意到这盆月葵的枝叶卷曲，花蕾耷拉着毫无生气。她想都没想，几步跨到窗前拉开窗帘，说："你不知道月葵需要阳光吗？昏暗的环境会让它生病的！"

苏文抬起手，想挡住射向他眼睛的光线，却发现只是徒劳，逆光中的叶芙，与他脑海中挥之不去的那个影子重叠了。他没有说话。

叶芙打开窗，将月葵移到窗外，完全暴露在阳光下，她又提起花洒，绕过苏文，去厨房装了水又回来，小心浇灌月葵周围的土壤，让它吸饱水分。做完这一切，她发现苏文仍在原地。"对不起，月葵是我最喜欢的花，我只是……看不得它憔悴成这样。"

月葵也是苏文记忆深处那人最喜欢的花，这些年来，他一直保持着房间陈设不变，和她在时一模一样。面前的女孩和她一样来自赫林，一样晕船，一样喜欢月葵，连身上的味道都有几分相似，是巧合么？看来刻意的冷淡没有任何作用，命运不会善罢甘休，苏文放下手，说："你刚刚说，想请我帮忙？"

4

十二岁的叶芙在门口跟妈妈告别："妈，我走啦！老师说今天的学习小组很重要，不能迟到。"

"早点回来，等你回家吃晚饭啊。"妈妈的声音从屋里飘出来。

叶芙早已骑上自行车离开，她的目的地是月见城郊的外婆家，不抓紧时间可没法在晚饭前赶回来。

"总骗你妈妈可不好。"外婆递给叶芙一条湿毛巾。

叶芙接过擦了擦汗，道："谁让她不来看您，又不乐意我一个人来。"

"我不肯住进城里，她还是很介意吧。"外婆拿过毛巾，穿过走廊把它丢进水池。

叶芙一路跟去，说："才不呢，她是不想让我听您讲比喆的事儿。"

外婆叹口气说："你妈妈呀，还是跟从前一样，都怪我，让她在背月面度过整个童年和少年，又赶上那些年赫林比喆关系不好，你妈妈那辈对天上的月亮没什么好感，也没什么兴趣。"

"可我有兴趣呀！外婆外婆，今天我们该讲六爪草了吧?"

"哎，你早就识字了，怎么不自己看图鉴呢。"

"因为外婆讲得比较有趣啊。"

"真拿你没办法，"外婆走进书房，在扶手椅上坐下，取过一旁书桌上的《比喆生物图鉴》，翻到六爪草那页，读起来："六爪草，俗称水中火，因其在水中发出红光而得此别名……"

外婆合上书后，叶芙问："历藻的发光原理和六爪草一样吗？"

"六爪草发光是因为吸收了水里的化学物质，历藻发光是因为荧光素和荧光素酶的作用，不过没人能解释为什么历藻不是通体发光，而是有规律地间隔发出荧光。"

叶芙扶外婆站起来，走到历藻所在的房间，日光下，历藻只是一株再普通不过的植物，但它在黑暗中发出荧光的画面深深印在叶芙脑中，她甚至可以指出每一条光带所在，每两条光带之间的距离都相同，除了有两处间隔与其他地方不同，外婆说过那是历藻两次被阴干造成的不均匀，那两次，历藻离开水不再生长。

"外婆，你怎么会有产自比喆的历藻？"

"一位比喆朋友送我的。"外婆的声音低下来。

"外婆还有比喆朋友？"

"是啊，年轻的时候，很久很久以前了。"

"妈妈总说，外婆吃过比喆人的苦，让我也离比喆远点。"

"是误会，都是误会……"外婆的声音轻得几乎听不见。

"不过我才不信，我也想要比喆朋友，我想去比喆。"

外婆牵起嘴角的肌肉，不知为何似乎有点勉强："你会有的。"

"嗯，我会有的！我还会亲眼见到图鉴上所有的比喆生物，还有图鉴上没有的，对了，我还要解开历藻发光之谜！"

"真了不起，我的叶芙真了不起。"外婆喃喃道。

"到时候我带外婆一起去比喆，我来给您讲那些图鉴上没有的生物。"

外婆望向窗外，应答声飘进风里。

5

　　跟随苏文前往祭典现场的路上，叶芙万分后悔自己没能在来比喆之前交上当地朋友，这位沉默的房东虽然帮她预约了祭典参观并且答应带她去，可一路无言实在是让叶芙受不了。

　　凭借苏文的比喆身份芯片，他们顺利通过祭典入口。这是一栋平房，绳子围出一条路直通房子深处，叶芙与苏文沿路穿过回廊，路过几个紧闭房门的房间，最终穿过一扇小门，来到一片开阔的私人海滩。这里已经聚起了不少人，现场却很安静，人群在一个白袍者的引导下呈半圆形辐射开来。后排的叶芙想往前挤，不小心踩到边上人的脚，招致的只是瞪视而非出声指责，她忙欠身致歉，又撞到后面人的身子。她吐了吐舌头，留在原地望向半圆的圆心，苏文默默移动到她身边。与她一同构成这半圆的人大多身着配色鲜艳的宽松服装，半圆中心的六人却身着白袍，他们面对人群站成一道弧形，赫林的清辉洒在他们身上，白影子有些模糊。叶芙身后的人越聚越多，肃穆氛围却依旧，等了不知多久，最左边的那个白袍者动了，他留着长长的胡子，白胡子与白袍子几乎融为一体，叶芙决定叫他白袍一号，他上前一步，走到人群与其他白袍者的中间，开口说话。

　　"感谢诸位来参加我们的迎光祭，在这潮汐历新年的前夜，想必诸位都有许多想做的，但我保证，今晚诸位在此与我们共迎新年，将绝不会后悔……"

来之前叶芙查了资料，潮汐历是根据比喆的星球运动和本土物候制定的历法，以比喆绕太阳一周为一年，自转一周为一日，一年共分为六季，每季九旬，一旬十日；潮汐历每一年的结束以超大潮的到来为标志，这一天，比喆与赫林及太阳严格位于同一直线上，星球上的潮汐潮差达到最大，次大潮的潮差则仅次于超大潮，标志着一年的中点。潮汐历曾在比喆历史上流行过一小段时间，但很快就被以古地球公历为基础的联盟标准历完全取代，毕竟比喆的经济要靠来自全联盟的游客拉动。

白袍一号继续他的演说："……感谢星海之神赐予我们六季物候，跃鳟季的梦鳟洄游、落虹季的锦鹭齐飞、血鲨季的锐鲨狩猎……每一季，比喆独一无二的原生生物都为我们指明时节，构成潮汐历的基础。作为六季之首，历藻季的到来也意味着新年的到来，就在今天，比喆历藻会形成新的光带，开启新的一年，而我们也将一同迎来光的延续，沐浴在比喆过去与未来的无限荣光之中！"

原来历藻在每一个潮汐历年的新年都会长出新的光带，那就是说比喆绕太阳一圈，历藻会长出一条光带，这之间有什么联系吗？叶芙摸了摸口袋里装有外婆历藻的盒子，踮起脚尖，伸长脖子。

六位白袍者排成一列，走向海洋，他们越过水与岸的交界，迈进海里，他们脚畔波光粼粼，是碎在海浪上的月光。一声短促的惊呼从叶芙嘴角漏出，她赶忙捂住嘴，好在身边的人都已往前挤去，没人注意到她。人群在海岸边驻足，她找到个空隙挤进前排，方才看清白袍者们并非踏浪而行，一条仅可容两人通过的细长道路从岸边延伸到海中央。白袍者们在离岸二十几步处停下，一号俯身从水下捞着什么，他的胡子几乎浸到水里。叶芙屏住呼吸，一手紧紧攥着口袋里的盒子，她知道他会捞出什么。他终于重又站直，手里举着一竿长架，从架顶垂下来的是密密麻麻的历藻，叶芙数不清有多少株，聚作一排的历藻都被刻意对齐一般，每条荧光带都处于同一水平，均匀分布的光条从上至下差不多有百余条，可其最底端却黯淡无光。天上，赫林好像一只冷漠的眼睛注视着这一切。

四周一片嘈杂，白袍者们明显也没料到这一事实，一号赶紧将历藻重新浸回水中，面对人群伸出双手，他的嗓音微微颤抖："季节轮转受到影响，新的荣光推迟到来。祈祷，乞求星海之神的宽恕！"

在叶芙来得及反应之前，白袍者之外的所有人都已跪倒在地，她慌忙照做，却不慎踩到了身边人的袍子，脚底一滑半跪在地。装有外婆历藻的盒子飞出口袋落进水里，马上被褪去的潮水挟裹远离岸边。盒盖被冲开了，滑出盒子的历藻在海水的浸润中舒展开来，苏醒过来，在暗色水域中放出光来。叶芙当即想下水去捞，却被苏文死死按住。

历藻漂到白袍一号脚边，他扫视人群，叶芙急忙低头，从眼帘底下偷瞄一号。他蹲下身从水里捞出那株历藻，高高举起，大声宣布："星海之神选择原谅！这是他送来的信物，光明已经到来，但只有最虔诚的人才能得到荫庇，见证荣光的延续！"一号手里，叶芙从赫林带来的、原本属于外婆的

16

那株历藻末端闪着荧光，那是她出发前历藻长出的最后一条光带。叶芙希望有人发现外婆的历藻明显比它的同类短了一截，也有两段光带分布并不均匀，她希望有人注意到白袍一号的胡子在匆忙中濡湿了水，可人们只是呼出屏住的气息，随后再次匍匐在地，她的头也被苏文按下去。一直到人群散尽，叶芙被苏文拽离祭典现场，都没有任何质疑的声音。

"我得把它找回来。"苏文一松手，叶芙便转身往来时的方向走。

苏文不得不重新抓住她的手腕："你疯了吗？那些家伙还在，你进不去的。"

叶芙也不回头，只是往前挣："那历藻是外婆留下来的，不能丢。"

苏文一把将她拉回来按到墙上："你现在过去也拿不到，等明天再想办法说不定还有机会！"

也许是背脊与墙相撞使她觉到了疼，也许是苏文突然抬高的声音惊到了她，叶芙回过神来，看他喘着粗气。

苏文放下手臂，别开头说："对不起，我……我失去过一个很重要的人，因为我的疏忽，她在比喆被卷入一场争端，去世了，她也是赫林人……"

叶芙突然明白了他房里为什么会有月葵，明白了他为何料到她会晕船，也明白了他阴郁冷淡的原因。苏文是个有故事的人，像外婆一样有故事的人，苏文的故事尚且以悲剧结尾，叶芙无法想象在两星交恶的年代，外婆的故事如何结尾。"对不起……"她感觉自己像个犯错的女孩，"我来比喆是想解开历藻发光之谜，外婆去世之前，我答应过她，即便解不开历藻之谜，我也不能把外婆的历藻弄丢了……"

苏文眼中闪过一丝讶异，随即又暗下来。"节哀。生命就像流星，转瞬即逝，对每个人来说都一样……"

一道火光照亮了叶芙的脑海，流星，掠过比喆与赫林的彗星，每年的大潮，比喆绕太阳一圈历藻就长出一条光带……"我得赶紧回去，我需要验证一些数据。"她似乎得到了解开历藻之谜的关键，她知道那些历藻为什么不发光了。

6

十六岁的叶芙站在外婆的病榻前。

"好啦，外婆，咳，已经把能教你的，通通教给你了，外婆从前的专业是，咳，天体物理，能教你的也只有这些。记住，星球运动虽然宏观，看起来跟我们没什么关系，可生存于星球上的所有生物都与此，咳咳，息息相关。赫林与比喆的运动完全同步，蕴育出的生物，却如此不同，在人类来到赫林与比喆之前，它们就在这里了。这是天体物理无法解决的问题，你想学生物，咳，很好，其他相关的学科也要多了解些。外婆啊，多希望，能活到看你解开历藻之谜的那天……"

"别瞎说，"叶芙打断外婆，"外婆一定会好起来的，说好我们一起去比喆考察的，您还要看我成为一个伟大的生物学家呢。"

"比喆……外婆这一生最大的遗憾就是在背月面住了三十标准年，没能看着比喆……帮我把窗帘拉开。"

叶芙照做，一轮圆圆的比喆挂在中天，洒下柔和的光芒，隆隆潮声从山脚下的葵江传来，钻进窗里。

外婆的呼吸声轻了，慢了，断了。

叶芙扑上她的床，放声哭泣。妈妈推门进来，搂住她的肩，一同哭泣。

历藻被搬到了叶芙的房间，她把比喆贝壳也一同放进水缸，《比喆生物图鉴》成了她的案头书，几十年前的群岛风物日历也占据了她的书桌一角，这些都是外婆留下的。妈妈进她的房间看了看，深深叹口气，没说什么。

叶芙读很多书，在课后追问许多问题，在学校的实验室留到很晚。比喆科学家已经对历藻做了不少研究，荧光素的基因在历藻基因组普遍存在，但有些基因并没有得到表达，已发表的论文表明，RNAi[1]导致该基因转录出来的RNA[2]立即失活，无法翻译出荧光素酶，某种特殊的重力感知机制导致了RNAi。重力，重力影响历藻细胞的发光与否，可规律是什么？叶芙向学校申报了课题，在老师的指导

---

[1] RNAi，RNA 干扰（RNA interference）是指一种分子生物学上由双链RNA 诱发的基因沉默现象，其机制是通过阻碍特定基因的转译或转录来抑制基因表达。

[2] RNA，核糖核酸（Ribonucleic acid）是一种重要的生物大分子，因为分子由核糖核苷酸组成而得名。RNA 是具有细胞结构的生物的遗传讯息中间载体，并参与蛋白质合成；还参与基因表达调控。

下继续研究，她隐隐有种猜测，星球运动会不会影响了历藻细胞？可她只有一株历藻，一株离开了母星的历藻。她得去比喆找答案，得想办法瞒着妈妈去比喆。

7

苏文起床后看到的第一个画面，是顶着一头乱发和一双黑眼圈的叶芙冲向他，抱住他，又蹦又跳，口中叫着："我做到了我做到了！验证没有问题，谢谢你的提示，我终于解开了！"

苏文尽量绅士地推开她，叶芙站定，一手去理头发，一手抓起笔记本，说："走，我们去找那群家伙，我知道比喆的历藻为什么不发光了。这已经不光是生物学问题了，还与天体运动有关，难怪之前的比喆生物学家们都无法解开。"

再次同叶芙走在同一条路上，苏文的心情更不一样了。这位房客没来几天，却一次又一次让他感到意外，他为自己筑起的那道厚重的墙在她不经意的冲撞下摇摇欲坠，外界的光芒很温暖，也很刺眼，他把自己关在墙里太久了。

祭典入口处大门紧闭，一个穿米白色长袍的男人斜倚着门口的柱子，在苏文与叶芙靠近时喝住他们："干什么的？这里不准随便靠近。"

"你们的……祭司？在不在？"叶芙说，"我有很重要的事情告诉他们。"

"六大祭司平时不见客，特殊事项必须提前预约。"

"可不可以麻烦你通报一声？是很重要的情报，与历藻有关。"叶芙扬了扬手里的笔记本。

男人视线凝聚，站直身子，压粗嗓子说："去去去，六大祭司都不在，历藻也没什么问题，一切正常。"

苏文朝叶芙摇摇头，低声说："我们改天再来吧。"

叶芙鼓起嘴，还是跟苏文离开了。

"我们可能被当成记者之类的了，他们不想历藻不发光的事情被媒体报道。"走出一段后，苏文说。

"怪不得，听到历藻后那人的脸色都变了。一定要预约才能见到那些白袍者吗？"叶芙问。

"不一定，"苏文眉头微皱，"出了这事，他们可能会在相当长一段时间内不见客。"

"那怎么办啊？"叶芙瞥见一旁的海，"你会游泳吗？"

苏文点头。

"太爽了！这是我头一回在海里游泳，海水真暖和。"叶芙甩了甩头，水滴四溅。

先一步上岸的苏文伸手拉她。"我也很久没下海了。"

两人从防水包里掏出毛巾擦干身子，套上袍子，站在那晚举行祭典的私人海滩上，相视一笑。

"这样算不算非法入侵？"叶芙问。

苏文笑得更欢了，他很久没有这么笑过了。

通往房内的门没锁，两人走进去，循内室的谈话声而去，坐在里面的正是六位白袍者。

叶芙进门，说："六大祭司，你们好啊。"

见到陌生来客，白袍者们吓了一跳，其中三人站起身来，还有一个伸手去够称手的"武器"，却只摸到一柄扫帚。

叶芙摊开双手朝上，说："我没有恶意，只想跟你们聊聊，我知道历藻为什么不发光了，我解开了历藻之谜。"

听闻这话，白袍者们的反应更大了，所有人都站起来，扫把、茶壶，但凡位于他们触及范围内的"武器"都被举起来。苏文捏紧拳头，把叶芙护到身后。

白袍一号上前一步，伸手往下一按，其他人都放下手中的东西。一号说："你们是谁？"

苏文松开拳头，叶芙绕过他，走到一号面前，说："我叫叶芙，从赫林来，有幸参加了那晚的迎光祭。"

一号微微颔首，说："我是历藻季的主祭司，这几位是我的同僚，潮汐历其他五季的主祭司。你刚才说，你知道历藻为什么不发光？"

"对，因为最近经过比喆的彗星，"叶芙掏出笔记本，"这得从历藻发光的原理说起，有点复杂，我们能坐下说吗？"

"所以说，每年超大潮时，比喆与赫林还有太阳位于同一直线，受到的引潮力最大，而这也使得在那期间分裂的历藻细胞表达出荧光素基因，从而发光形成光带？"白袍一号皱着眉头试图理解。

"没错，严格说来，基因沉默现象使得本来有发光潜力的历藻细胞不表现出发光现象。每年的超大潮恰好是潮汐历新年的前一天，也是比喆与赫林的近日点，这一天分裂的历藻细胞受到极大引潮力的作用，RNA 干扰作用失效，荧光素基因得以表现，细胞也得以发光。这是一个很奇妙的临界点，比喆、赫林、太阳同样处于一直线的次大潮那天，则由于比喆和赫林位于远日点而没有达到重力临界点。今年恰逢彗星从比喆与赫林相对太阳的另一边掠过，减弱了引潮力，荧光素基因不表达，历藻也没能发光。"叶芙合上笔记本。

"没想到宏观的星球运动竟会对微观的细胞造成影响，叶芙小姐年纪轻轻就解开了历藻之谜，真是了不起啊。"白袍一号扶着胡子说。

"哎呀，您过奖了，"叶芙摆摆手，苏文捕捉到她脸颊的一抹红晕，"其实大部分的研究成果都是比喆生物学家们得出的，他们甚至猜测重力对此也有影响。我不过想到影响 RNA 干扰的重力可能是星球之间的引潮力，我的计算还只是理论上的，回去还得做大量实验才能完全验证。也是多亏了这次比喆之行，我们在赫林使用的都是联盟标准历，没能注意到历藻光带形成时间与星球运动位置之间的关系，没有苏文的提醒我也想不到彗星的影响。"

听到自己的名字，苏文愣了一下。

"对了，一直忙着向你请教，还没来得及打听这位苏文先生是？"白袍一号转向苏文。

"我是她的房……"苏文连忙开口。

"他是我的朋友，"叶芙抢着答道，"我在比喆交到的第一个朋友。"

叶芙回头朝苏文眨了眨眼，苏文一笑。朋友，他多久没交过朋友了。

"真是年轻有为，如果比喆青年都像你们这样，我们也就不用这样推广潮汐历了。"

叶芙抿了抿嘴唇，还是开口问出了这个问题："几位祭司有如此见识，为什么要靠迷信来蒙蔽民众呢？"

白袍一号回头与他的同胞们交换一个眼神，说："叶芙小姐不了解，苏文先生应该知道，这些年来，比喆的生态环境越来越糟糕，破坏环境的不光是外星游客，还有比喆人自己。越来越多人为了迎合游客需求，过度开采比喆自然资源，造成许多物种濒危，历藻就是其中之一。"

叶芙回头看苏文，他点了点头。

一号继续说道："我们倡导潮汐历，鼓励恢复比喆旧制，顺应本星物候，是为了让比喆人认识到比喆独有的生态环境与任何其他地方都不同，唤起比喆人对本星原生生物的情感，回归传统，顺应自然。为了让比喆人重视潮汐历，我们也不得不借助于旧神信仰。"

一阵沉默后，叶芙说："我想，一样东西被破坏了，应该寻找的是深层原因，时间在流逝，时代在改变，过去的办法不一定适用于现在，更不一定适合未来。恢复旧法、固守过去只是把自己关在了时间的牢笼中，周遭的世界在前进，固守过去的人却只是停留在那里。要找到顺应时代的解决方式，首先要立足于当下，放眼未来。"

叶芙的这席话是对白袍者们说的，却字字击中苏文的心。是啊，这些年来，他把自己关进时间的牢笼，自他心爱的那人死后，他就封闭了自己，保持着和她在一起时的状态，房间的陈设也好，他的生活方式也好，他甚至不愿与别人过多交流，害怕对她的感情有哪怕一丁点动摇。叶芙说得对，他该面对的是当下和未来，而非过去。

"谢谢你，叶芙小姐，我们会仔细考虑，寻找更好的办法。"白袍一号在六号耳边耳语几句，六号出去一会儿后又回来，手中捧着一个装满水的透明盒子，水中是一株历藻。叶芙接过盒子。

一号又说："叶芙小姐，这是你外婆的历藻，抱歉那天捞到它就用来救场了。"

叶芙紧紧搂住盒子，说："没关系，它起到了关键作用，外婆知道一定也会高兴的。"

"再次感谢二位，希望叶芙小姐再来比喆时情况能有所改观。"六位白袍者送叶芙和苏文到门口。

叶芙转身鞠躬："我想这一天不会远的。"

8

比喆航天船坞旁，苏文把叶芙的行李交到她手上。"旅途愉快。"他说。

"谢谢，我回去后会给你好评的。"叶芙说。

苏文笑了。

"其实，你笑起来还挺好看的，不要总板着个脸。"叶芙说。

"谢谢，"苏文笑着说，"谢谢你点醒了我。"

"什么?"

"没什么。这次回赫林,下次不知什么时候才会再来吧?"

"嘻嘻,"叶芙眼里闪着狡黠的光,"说不定很快哟。"

"哦?"

"我已经向比喆科学院的生物研究所提交了入学申请,也许我很快就能来研究比喆生物了。"叶芙脸上绽开灿烂笑容。

"是么,"苏文心跳加快,"那,祝你好运咯。"

"没问题的,他们不可能拒绝解开历藻之谜的天才生物学家吧。倒是我爸妈那边,得想想怎么说服他们。"

"欢迎到时候继续来住我这儿,有特别优惠。"也许不止优惠,苏文想。

"一言为定?"

"一言为定。"

月见潮

月无镇的夜晚并不如人们想象般漆黑无光，见不到月亮，漫天繁星成了夜幕的主角。据说在晴朗无云的夏夜，若望向西面天空，运气好时能看到太阳，那颗最初给予人类光与热的太阳。丈夫去世前，总爱摆弄他那架天文望远镜寻找太阳，戴安却不感兴趣，她对天上的一切都不感兴趣。

　　退休以后，她的生活愈发清寂。门铃响起的刹那她愣了一下，上次听到门铃仿佛是很久以前，打开门，她发现只是个包裹。包裹很轻，外包装在长途颠簸中染上污渍，发件人信息模糊不清。会是谁寄来的？戴安没有头绪。她拆开包裹，数层塑料膜中躺着一枚印花信封，还有一个牛皮纸小包。抽出信笺时，几缕羽兰暗香逸散而出，是上好的香墨，经久不衰。

　　安，

　　　　这些年来你过得好吗？我挺好。他离世后，抚恤金还算丰厚，作为遗孀，我的特权也得以保留。不错的婚姻买卖。

　　　　尽管不想承认，可我们都老了啊，我不知道还能有几天，有些话想当面跟你讲。

回向月面一趟吧，我的公馆在月见城近郊，不太好找，随信附上地图。

不必回信。等你来，若开车来正好能赶上葵江大潮。希望我也能赶上。

爱你的琳

P.S. 小包里的东西，你还记得吗？

戴安揉了揉太阳穴，是艾琳，她的语气一点没变。同寝三年，戴安从未见任何人拒绝过艾琳的请求。她循折痕展开牛皮纸，内里露出一个白色小盒，不知为何，她心跳得厉害。打开盒盖后，一丛灰绿跃入视线，是历藻。她平复呼吸，移到水池边，往盒子里注满水，历藻慢慢舒展，褪去灰色而转为墨绿。她小心取出历藻在桌上摊平，关上灯，看它浮起荧光，那荧光并非连续，而是每隔一段平均分布，在黑暗的屋里与窗外的星光呼应，仿佛传达着某种信号。那段尘封已久的往事重又浮上心头，好像阳光下的细尘，她闭上眼不想看到，再睁眼它们却仍在眼前舞蹈。她记得，从开始到结束，她从未忘却。

*　　　　*　　　　*

"大新闻大新闻！这次赫林潮汐大会上有一篇比喆论文！"艾琳大叫着冲进寝室。

戴安半躺在床上，一动没动。"你什么时候关心起学术来了？这还真是个大新闻。"

艾琳拽起戴安。"那当然，这次潮汐大会规模空前，学校安排了各种晚宴和社交活动，身为赫林第一大学的首席公关，我怎么能不关心？"

"让你来当首席公关，我校的学术水平恐怕会被人质疑死吧……"戴安的目光没有离开手中的资料，"一定是哪个无聊的比喆人远程空投一篇论文，作为反面教材来挨批。"

"是来参会的真人！第二天上午第三位发言人，比喆科学院能源研究所研究员，议程上写得清清楚楚。"艾琳抢过戴安手里的资料，塞去一份仍散发着油墨味的大会手册。

"研究能源的跑我们会上来干嘛？"这次潮汐大会由戴安所在的天体物理系与水文研究所联合举办，据说吸引了整颗赫林星上的相关学者。

艾琳凑近戴安，神秘兮兮地在她耳边吐出三个字："潮汐能。"

"潮汐能？用潮汐做能源？但这怎么可能……"戴安读过提及古地球潮汐能的文献，可殖民星上的条件与地球截然不同。赫林与比喆相互绕行，没有相对位移，引起潮汐的引力源就只有恒星，可恒星的影响并没多大。

"怎么不可能？"艾琳反问道，"你以为这次会议真的只是为了研究潮汐本身啊？没有利益可图的话，系主任才不会出这份力呢。比喆水多，自然比我们先发现潮汐能的开发前景。"

"说得也是，葵江的潮差虽然不大，潮量却相当可观。

如果把潮汐能利用起来，说不定能源短缺问题就能找到新出口，赫林发展也就没那么多限制……"

"你怎么又认真了，这么工作狂小心嫁不出去。"艾琳打断戴安。

戴安摆弄着挂在脖子上的实验室钥匙。"谁要嫁啊，我乐得以实验室为家。哪像你成天让师兄帮忙做实验写论文，当心毕不了业。"

"毕业论文中期检查不是还有一阵嘛，要努力也得先把潮汐大会开完呀。"艾琳推了推戴安，"你说，这个比喆人是不是很勇敢？单枪匹马来到赫林。这几年局势紧张，能来的人必定很厉害，他也不怕有个万一……"

"万一爱上赫林姑娘回不去？又在幻想你那些比喆偶像剧啦，省省吧，说不定来的是个秃顶大叔，让我看看你的大叔叫什么名字。"戴安翻开艾琳方才塞到她手上的大会手册，翻到议程那页，找到比喆科学院能源研究所研究员，后面跟的名字却让她大吃一惊。

"怎么啦？比喆人的名字把你帅傻了？"艾琳伸手在戴安面前晃晃，又拽过手册，"尤伽，这名字好像很耳熟……"

戴安咬了咬嘴唇，"那个写信给我的比喆人。"

"我想起来了！那个害你被系主任大骂一顿的家伙，他是来找打的吗？等我把系里男生都叫上，好好教训他一顿。"艾琳往上卷了卷袖子。

戴安摇摇头，"他说的……确实有道理，是我的模型还不完备。"

"可直接把信寄到系里也太过分了吧？"

"论文里只留了我的学校系别，没有私人地址。想找我也只能寄到系里了……他恐怕不知道赫林的信件抽查制度吧。"

艾琳搂住戴安的肩，"别怕，他要是敢对你怎么样，我替你找人出头！"

"谢啦，有艾琳女神的圣斗士保护，我谁都不怕。"戴安努力往上牵了牵嘴角，最终还是垂下去。

赫林首届潮汐大会的第一天下午，戴安最后一位演讲，做完报告后她正准备离开，却见一位陌生男子走来。他上身穿着宽大的印花 T 恤，几乎垂到膝盖，下身的裤子却仅到脚踝，这搭配实在怪异，和艾琳看的那些比喆偶像剧服装倒有些相似。戴安暗自皱眉，片刻后意识到他是谁。

"我没收到你的回信，就想亲自来看看是不是已经说服了你。没想到你还有错得更离谱的，'论伴星天平动[1]对主星潮汐的影响'，"男子走到戴安面前，"研究本身倒是精彩，不过比喆可不是什么伴星，比喆与赫林是不折不扣的双行星[2]啊。"

"这里是赫林……况且，比喆的质量与体积较赫林而言都小了不少吧。"戴安抱起双臂，她没猜错，这位就是与她

---

[1] 天平动，从 A 天体环绕的 B 天体上观察所见到的，真实或视觉上非常缓慢的振荡。天文学家们长久以来都只用在月球相对于地球的视运动，并且选择一个点来平衡与对比晃动的尺度，但这些振荡亦适用于其他行星，甚至太阳。

[2] 双行星，如果两颗相互绕行的行星系统重心不在两者任何一个的内部，则该系统是一个双行星系统。

在信中争论许久的比喆研究员，没想到他这么年轻。

"相对差距没那么大，再说两星的共同质心不在赫林内部，当然也不在比喆，而是落在自由空间中的一点，完全符合双行星的定义。"比喆人把双手插进口袋。

戴安耸耸肩，"随你咯。"她不想和一个比喆人争论两星关系，尤其是在这里。

男子笑了，伸出右手，"初次见面，我是尤伽，比喆科学院搞能源的。想必你猜到了吧。"

戴安没有伸手，"客套就不必了。我希望你不是来找我麻烦的。"

"找你麻烦？还真的是。"尤伽咧开嘴角，"说实话，读你的论文、和你通信，我都以为戴安是个男人，没想到竟是位美丽姑娘，这麻烦我就更不得不找了。"

戴安心里咔哒一声，她向来讨厌别人拿性别说事儿，什么女人不适合科研，天体物理是男人的领域。她和艾琳是所里仅有的两名女生，艾琳或许享受着男生们竞相献上的殷勤，戴安可不觉得这是什么好事，她一概拒绝实验和研究过程中来自异性同学的"帮助"，系里男生也识趣地对她敬而远之。"抱歉让你失望了，我只是个女人，对科研略懂皮毛，就不耽误你的时间了。"说完，她欲转身离开。

艾琳的身影横插入戴安和尤伽之间。"我猜猜，这位就是比喆先生？"

"这位小姐，我正与戴安小姐说话呢，可否请您行个方便？"尤伽伸出右手，掌心向上滑向一旁。

沉默。戴安无法想象此刻挡在她面前的艾琳的表情，从没有人敢怠慢她，从没有人敢拒绝她。

片刻之后，艾琳挺了挺胸，"戴安小姐并不想跟你讲话，该走的人是你吧。"

"哦？这恐怕得戴安小姐亲自抉择。"尤伽歪下头，视线绕过艾琳看向戴安。

戴安勾过艾琳的手臂，"我们走，不用和他多说。"

经过尤伽身边时，艾琳哼出一个响亮的鼻音。

拐过两个街角后，戴安停下回头看了看，"没跟上来，你先走吧。你不是还要去参加会议晚宴吗？"

"那你怎么办？"艾琳也回头望了望。

"我没事啊，去图书馆看几篇文献就回寝睡觉。那比喆人还能吃了我不成？倒是晚宴上如果少了艾琳女神，那群男人恐怕会把房顶都掀了。"戴安理了理艾琳被风吹乱的刘海。

"那好吧，你一个人要当心。"

"放心，快去陪你的圣斗士们。"

"是他们排队陪我才对吧。"艾琳扬起头，骄傲的笑容重又回到脸上。

"那当然。晚上见咯。"

"晚上见。"

等艾琳走远，戴安才叹口气继续往图书馆方向前进。刚与尤伽开始通信的日子其实算得上愉快，他们之间的讨论完全围绕学术问题，不论其他，她确实从他那里得到了些启发。如果不是最后那封信被系主任抽查到的话……那天，系主任的脸是猪肝色的，把信甩到桌上告诫她不要听比喆人的瞎话。她本已根据尤伽建议做了调整的模型也被要求改回原样，几个月来的努力都白费了。戴安知道尤伽提的建议更加合理，可面对怒气冲冲的系主任，她说不出口。

"呼，你的保镖终于走了。"前方巷子里蹿出一个人影，恰是尤伽。

戴安转身欲绕开，却被几步堵到面前。"我又不会把你吃掉，躲什么呢？真怕我找你麻烦？"

"我一界女流之辈，恐怕不值得你找麻烦。"戴安没有看他。

"这是什么话，在比喆可没有性别歧视。我最欣赏的同辈学者竟是一位美丽小姐，我高兴还来不及呢，不枉我特意准备了见面礼。"尤伽从口袋里掏出一个白色小盒递给戴安。

她狐疑地接过来打开，盒子里躺着一团灰绿色植物，蜷缩在盒子一角，似已干枯。"这是……"

"历藻，比喆独一无二的特产。你在论文后记里提过对比喆生物的好奇吧，希望你能喜欢。"尤伽露出灿烂笑容，"对了，我来之前想，如果戴安是个秃顶大叔的话，我还是把它带回去比较好，省得给他错误暗示。"

"谢谢……"赫林与比喆虽相互绕行，星表生态却完全不同，小时候在杂志边栏读到的比喆风物对戴安来说就像童话般不可思议。这叫历藻的小东西虽不起眼，却是比喆来的，戴安心底暖暖的。

"为了把这小家伙带来赫林，真是费了我不少功夫。不知能否换得戴安小姐陪我逛逛赫林？我还有些学术问题想请教你。"尤伽微微低头欠身，目光却锁定戴安的双眼。

第一回有异性对戴安用"请教"一词，她一阵心悸，脸颊热度上升，慌忙转身避开他的目光。既然他这次能来赫林开会，那与邻星学者进行学术交流应该不会惹恼系主任吧？
"走，带你去吃赫林美食，边吃边聊。"戴安横下心。

月见城位于赫林向月面，是整颗星球的政治、文化和经济中心。戴安虽非本地人，在赫林第一大学的求学生涯早已让她摸透了这座城，知道哪里才有地道又便宜的餐馆。

尤伽举起酒杯敬戴安。"谢谢你的款待，赫林美食果然名不虚传，这酒也是，香味和烈度都恰到好处。"

戴安同他碰杯，一口饮尽杯中液体，忍不住得意起来。"五年的葵露酒，只有向月面的月葵才酿得出这种味道，在比喆喝不到吧？"

尤伽放下酒杯。"比喆能零星见到月葵的地方只有月陆岛，可岛上也聚集了比喆的大半人口，挤得透不过气，给观赏性植物留下的空间少得可怜。"

"你们有那么多小岛，一人一个都还嫌多吧？"课本上关于比喆的第一课就是那为海洋环绕的群岛地形，与以陆地为主的赫林截然不同。

尤伽摇摇头。"尽是些不适合住人的岛屿。"

"那还吸引了那么多游客？贵星高速发展的旅游业可是让赫林官方压力不小啊。"

"呵，"尤伽笑了，"游客不会长久停留啊，来比喆租个小岛，享受无人打扰的假期，假期结束后就离开，什么都不用担心。比喆人的日常可不是这样。"

"那你们的日常是……天天捕鱼？"离开赫林抵达比喆的初代移民正是通过渔业存活并发家，戴安脱口而出的玩笑话逗乐了她自己。

尤伽笑得更欢了。"不错，戴安小姐有机会一定要来比喆尝尝新鲜水产，我亲自下海打捞。"

"也许吧，可惜比喆欢迎全联盟的游客，单单不对赫林开放个人旅游。"戴安耸耸肩。

"作为访问学者来，"尤伽敛起笑容，"我帮你打通比喆那头。"

"啊？"尤伽突转的话锋让戴安紧张起来。

"我是说，你的研究很有潜力，比喆科学院一定欢迎你来交流。"尤伽又恢复了方才的轻松语气。

戴安悬起的心落下，自嘲道："赫林可没那么容易放人，即便是女人。"

尤伽哼了一声："我们星球上可没性别歧视，能力就是能力，与男女无关。再说，你的论文质量确实很高，逻辑缜密细致，只不过——缺了点野心。"

"什么？"前半句话让戴安听得舒心，后半句却让她一愣，她从没听过这种评价。

尤伽双手交握搁上桌子，身体前倾，凝视戴安的双眼说道："你的论文在理论方面完美无缺，却没涉及实际应用。赫林与比喆互相潮汐锁定[1]，能够影响潮汐的就只有行星天

---

[1] 潮汐锁定，潮汐锁定的天体绕自身的轴旋转一圈要花上绕着同伴公转一圈相同的时间。这种同步自转导致一个半球固定不变的朝向伙伴。通常，在给定的任何时间里，只有卫星会被所环绕的更大天体潮汐锁定，但是如果两个天体的物理性质和质量的差异都不大时，各自都会被对方潮汐锁定，这种情况就像冥王星与卡戎。

平动和相对恒星的位置，算出两者叠加的引力效应就能预测潮汐。"

"那又如何？"戴安脑中隐约飘过一丝可能性，却抓不出那个想法。

尤伽凑得更近了，压低声音说："我正在设计一套存储潮汐能的新方案，如果能准确预测潮汐，能量利用率将大大提高。这不是我明天要演讲的论文主题，却是我这次来赫林的主要目的，我想与你合作。"

戴安心里拉起警戒线，却克制不住对尤伽方案的好奇。"我为什么要跟你合作？我连你的真实研究是什么都不知道。"

"有什么安静的地方适合讲话么？"尤伽起身往外走。

戴安也站起来，在她意识到自己的身体在干什么前，已加快脚步超过了尤伽，说："去学校植物园吧。"

第二天，尤伽上台发言时，艾琳撇撇嘴对戴安说："瞧这家伙，学术水平一定不怎么样，白白长了一张比喆偶像剧男主角的脸。"

戴安随意嗯了一声，陷进前一晚的回忆。尤伽的方案前景无限，在羽兰的清幽暗香和清朗月色中描绘出一番双星共同发展的美好未来。戴安此前从未遇到过在学术上同她如此合拍的人，不，不光是学术上，还有其他方方面面，他们一整晚的交流碰撞出朵朵火花，让戴安诧异于自己的思维竟可如此活跃。回寝后，她一夜无眠。

雷鸣般的掌声将戴安拉回当下，身旁的艾琳有些发愣，紧紧抿着嘴。

尤伽走到近前，朝艾琳颔首，艾琳转开头，他面向戴安说："我的演讲如何？今晚还能请你赏光作陪么？"

慌乱中，戴安点了点头。直到尤伽走远，她才听到艾琳冷冰冰的声音："原来你们冰释前嫌了啊。"

戴安对上艾琳冰冷的目光，不知为何，一阵心虚。"昨晚恰好遇上就聊了聊论文，我发现他其实没有恶意……"她舔舔干燥的嘴唇，"今晚你有空吗？一起陪客人逛逛赫林吧，你可比我有经验多了。"

"那可得看对方有多少诚意了。"艾琳挑起眉毛。

戴安摇了摇艾琳的手臂。"你就当陪我嘛，省得我一个人占弱势。"

艾琳眼中的冰融化。"好吧，看在你的面子上。"

戴安松了口气，紧紧按住包里那盒历藻，挤出一丝虚弱的笑。

＊　　　＊　　　＊

戴安爬上椅子，从橱顶搬下多年不用的行李箱，隐隐作痛的腰背肌肉提醒她身体已不如当年，幸好她的林鹿依旧保养良好，岁月反倒给暗红色车身镀上一层光泽。戴安发动引擎，向她生活了三十标准年的月无镇告别。

从月无镇往外的路算不得堵，林鹿一路往东，通行无阻。天色转黑，戴安不禁瞥向东方天际，满天星星，不见月亮，她笑自己心急，抵达向月面前不可能看见比喆。林鹿驶进最近的旅馆停车场，戴安进店开房。电视新闻正播报这一年赴赫林旅游的游客总数又一次创下新高，继比喆的度假海岛之后，赫林的文化遗产成为外星系游客新的最爱，两星政要正为加强深入合作进行磋商。在看不见比喆的月无镇住了那么久，戴安几乎忘了两星恢复建交已有两年。

"太太，请收好您的证件和房间钥匙。"

戴安接过掌柜递来的东西，正想离开柜台，一对年轻男女推门而入，向掌柜询问房间。戴安缓下了脚步。

"抱歉，今晚已经没有大床房了，双床标间可以吗？"掌柜从记录本上抬起视线。

女孩嘟起嘴，甩开男孩牵着她的手。"我早让你订房间了，你偏说不用。"

"不是还有房嘛。"男孩抬手拭去额头沁出的汗珠。

"双床！两张床！"女孩毫不顾忌旁人，高声抱怨起来，"陪你来背月面这种破地方也就算了，还要分床睡，我们还能在一起几天？"

"我只是想在离开前和你一起走遍赫林……"男孩伸手欲抚女孩肩膀，却被躲开。

"那就别走，留下来。"女孩的话音柔和下来。

"留下来……你父母能同意我们在一起吗？他们要是发现我们已经……"男孩的声音低下去，随后又扬起，"放心，一旦我在比喆站稳脚跟，马上接你过去！"

女孩别过脸去。"谁知道你会不会变心，那么危险的工作，谁知道你会不会出什么事……"说着，她淌下泪来。

男孩慌忙上前抱住她，又松开一只手去擦她的泪。"别哭啊，只是探索开发新的小岛而已，我会小心的，怎么可能抛下你一个人呢？他们都说比喆社会自由开放，机会多，来钱快，为了我们的未来，我必须冒这个险。只要再等几年，不，也许用不了那么久，我们马上会团聚的。别哭了，好不好？"

女孩不说话，反倒哭得更厉害了。

戴安松开手，把留有她体温的钥匙还给掌柜。"这间大床房给他们吧，替我换个标间。"

女孩抽着鼻子，和男孩一起连声向她道谢。

等那对年轻情侣走远，掌柜小声对戴安说："太太您人真好。现在的年轻人，真是不知分寸，父母不同意就私奔，没结婚就睡到一起，尽是比喆传来的歪风邪气。要我说，赫林根本就不该跟比喆签什么双边协定，开放贸易开放旅游开放工作，什么都开放了，老祖宗的规矩却忘了。"

看着女孩依偎男孩的背影，戴安叹了口气，没有说话。至少，如今分居两星的情侣不会连一面都见不着。

*　　　*　　　*

为期五天的潮汐大会结束后，戴安、艾琳与尤伽之间的隔阂彻底消除，艾琳甚至放弃大会组织的社交活动，转而与戴安和尤伽一道单独行动。其他参会者给这脱离大部队的三人组合起了个名字——双星环月，两位星星般闪耀的赫林姑娘环绕月球来客。

听说这个名号时，艾琳大笑不止，拍着尤伽的背说："哈，真有意思，我们俩是恒星，你是行星，地位可不一样。"

"在古地球，月亮被视作是比星星重要得多的天体。"戴安转开视线，艾琳不再敌视尤伽，她当然高兴，只是这些天来她数次想找机会单独同尤伽进一步商量合作研究事宜，艾琳总是在场，而且每当与尤伽说话时，艾琳总是凑得特别近。也许只是错觉，艾琳对谁都那么热情，戴安在心底安慰自己。

尤伽退开一步，走到戴安身旁，说："好啦好啦，我当然是你俩的陪衬。"戴安轻舒一口气。

艾琳却又跟上来，一手搭在尤伽的肩上，一手挽住戴安手臂。"那么伴星先生，接下来你陪我们去哪儿呢？双子女神庙的祭典还是中央广场市集？或者去看月葵展吧，比喆上绝对没有那么多种月葵。"

戴安拽了拽艾琳的胳膊。"你不要命啦？没听系主任今天说毕业论文中期检查提前了吗？这次大会正好把专家们聚到一起，检查小组里不是慈眉善目的学校老师啦，都是些严得要命的学科带头人，被抓到不合格说不定连毕业都难。你的论文根本没怎么动吧，还不抓紧开工？"

艾琳一拍脑袋。"对哦，我怎么忘了这茬。尤伽，你帮帮我好吗？我的选题还有很多没想明白的地方，可以给我讲讲吗？"

"我很想帮你，可实在抱歉，我和你的研究领域不一样，似乎帮不上忙。况且，我明天要启程回比喆，今晚得收拾行李，恐怕不能为二位效劳了。"尤伽再次从艾琳身旁退开，往戴安的方向挪了挪。

"什么，你明天就走？"戴安不禁从艾琳手中挣脱臂膀。

"是，赫林政府只允许我待这么久。"尤伽嘴角浮起苦笑。

艾琳一愣神，上前一步，双手捧起尤伽的右手。"这就走了？你还会来看我们吗？不，你马上就会忘记我们的。"她甩下尤伽的手，却又留一手与他指尖相连，背转过身，抬起另一只手轻揉眼眶。

趁艾琳不注意，尤伽从裤子口袋里摸出一张纸条塞给戴安，戴安一愣，迅速拽紧握在手里。

"怎么可能忘记你们呢？我发誓，只要我的研究项目能得到贵星政府的准许，我一定尽快回来。潮汐能的开放前景很好，我们会马上再见的。"尤伽举起艾琳的手，凑到唇边，片刻犹豫后，轻触一下。戴安的心如被针刺般难受。

艾琳回身拥抱尤伽。"噢，千万要信守诺言！我们会等你的，青春短暂，别让我们等太久。"

"那当然。"越过艾琳的肩头，尤伽朝戴安眨了下眼，视线落到戴安手上，随后探询般看着她。

戴安咬了咬嘴唇，点下头，脖子上的实验室钥匙轻轻撞击她的胸口。

月亮的清辉洒进房间，戴安睁眼躺在床上，静静数着艾琳的呼吸，直到她的呼吸声缓慢平稳，戴安才轻轻下床。来到走廊上，她发现忘带了尤伽叮嘱的历藻。转身推门发出的吱呀声在静谧的夜里被无限放大，床上的艾琳翻了个身，戴安屏住呼吸，停在原地，见她不再有别的反应，才小心翼翼进屋从包里摸出历藻，揣进怀里离开。

在纸条上尤伽约她到植物园见面，让她带上历藻，瞒着艾琳。四下无人的夜晚，他要和她谈论合作吗？又或者是别的什么？戴安心底涌上几分紧张和兴奋，可一想到他明天就要离开，伤感又立刻占据主导。

赫林第一大学的植物园坐落在一片小山坡上，从那里可以俯瞰整个校园，还有远处的葵江。靠近入口的羽兰花圃正对一架赫林藤秋千，夏天藤上开满粉蓝色小花。不在实验室或图书馆的时候，戴安最喜欢坐在秋千上看书，一高一低的摇荡能帮她理清思路，解决难题，几天前的晚上，戴安与尤伽正是坐在这秋千上聊了整晚。山坡顶上有一块平坦地面，再往前是断崖，崖边筑起石造的围栏，近围栏处有一片月葵田，中央的空地可供一人躺下，看书累了，戴安总爱躺在那里望天发呆。可今晚，她的领地被别人占领。

"在这里看比喆的感觉真奇怪。"尤伽的声音从低处飘来，听起来有些飘渺。

戴安走到他身旁坐下，双臂环膝。"从比喆上看赫林是什么感觉？"

"又大又圆的月亮。"

"哈，"戴安忍不住笑出声，"从这里看比喆也一样啊。"

"不一样，赫林更大些。而且……"尤伽停顿了一会儿，"反正就是不一样。"

"你说，比喆上这时候也有人看着赫林吗？"戴安问出口才意识到这问题有点蠢。

"不会，这个时候，比喆向月面是白天。"尤伽的声音有点干涩。

是啊，赫林夜晚月圆的时候，恰是比喆向月面的正午，唯有黄昏或凌晨前后，两颗星球上的向月面中点才有可能同时看到半轮月亮。戴安诧异于自己竟忘了如此基本的专业知识。

"带历藻了吗？"尤伽单手撑地，支起身子。

"嗯。"戴安递出怀里的历藻。

尤伽接过去，说："知道它为什么叫历藻吗？"

戴安摇头。

"因为它能纪年。"尤伽摸出一瓶水，往盒里注满，"它看起来干枯了，加点水就能复活。"

借着月光，戴安盯着盒子里的历藻，起初好像没什么变化，渐渐地，整个盒子被舒展的历藻填满，再接着，月光下的历藻泛起另一种荧光。戴安不禁惊叹出声。

尤伽用两指轻轻捏起历藻，展开，使其成一直线垂直坠向地面。戴安这才发现，那荧光是每间隔一段才有的，每一段间隔几乎都一样长。

"生物学上的未解之谜，起初人们以为这是海水中某种物质的周期性变化引起的，可它被捞出海水养进纯净水后仍在生长，仍像过去一样每隔一段发出荧光，每两段荧光细胞之间的生长周期间隔一年。"

戴安接过静静散发荧光的历藻仔细端详，纤细的藻叶触得她指尖发痒。"好神奇啊，星球的周期性运动影响着星球上的一切，赫林与比喆的运动完全同步，孕育出的生命却如此不同。"

尤伽轻笑出声。"有没有人告诉你，你认真的样子很可爱。"

"嗯?"戴安脸颊烧起来，幸好月亮的冷光遮掩了她脸上的红。

尤伽站起来，伸出一只手给戴安，她犹豫了一下，抓住他的手也站起来。

他走到崖边，倚上石栏。"听，葵江的潮。"

戴安跟过去，远处的葵江在月光下好似一条玉带，承载碎光，蜿蜒起伏，低沉的涛声越过沁凉的夜，钻进戴安耳中的只余隐约隆隆。

"跟我合作吧，把潮汐研究透彻。如果能充分利用潮汐能，无论对赫林还是比喆来说都有巨大的好处。"尤伽的声音仿佛很远。

"你在比喆不是一样能做吗?"

"赫林的水体更简单，更适合先期研究，在赫林把原理搞清楚再应用到比喆会容易得多，而且，"尤伽转身看向戴安，"赫林有你。"

她的脸更红了。"要将赫林的研究成果应用到比喆，意味着得全部重新推导一遍，所耗的时间……"

"不管要多久，有你和我在一起就够了。"

"在一起?"尤伽的话击响了戴安的心鼓。

"不光是研究上的合作，还有生活上的。不，不只是合作，相依相伴，相互扶持，相爱走过一生。"尤伽眼里盈满月光，"第一次读到你的论文时，我就相信自己和作者一定能成为挚友。发现作者是一位姑娘时，我知道，我和你可以不仅仅成为挚友，那晚的交流更加深了我的想法。"

戴安心里的鼓越敲越响。"可你明天就要走了……"

尤伽轻叹口气。"我必须先回比喆，说服他们跟赫林合作研究。不过我会回来，来找你。"

戴安轻轻点头。"你要去多久？"

月光在尤伽眼中摇晃。"不知道，也许很快，也许很久。如果短时间内回不来，我会写信给你。等我。"

"可是艾琳……"戴安想到挚友眼中的泪水，心下难受。

"我不在乎，你该知道，我在乎的只有你。"

尤伽眼中的月光向她涌来，她跌进清凉的怀抱，好像溺水般呼吸困难，在她窒息之前，两片温暖的嘴唇贴上她的唇，她小心翼翼张开嘴，试探着品尝这甘美。片刻后，她放松下来，改用唇舌探索他。羽兰和月葵的花香交糅，妖娆迷蒙。她在这香气中重新活过来，好像此前她从未真正活过。

＊　　　＊　　　＊

车驶过东月界线后不远，戴安把林鹿停进路边的加油站。天色已近黄昏，她想在这儿等等，等黑夜降临，等月亮升起。加油站有一家迷你茶厅，戴安要了一杯羽兰茶，坐进面向东方的露天茶座。天色渐暗，呈现出一片近乎透明的紫色，好像刚从花蕾中抽出的羽兰花瓣。夕阳最后的光与热笼上戴安裸露在外的后颈，好似一层薄薄的轻纱，蹭得她发痒。比喆的轮廓在东方天幕隐约浮现，一轮圆满的环，在愈发暗沉的紫色中愈加明显。浅紫沉淀为绛紫，又过渡成蓝紫，最终化作深蓝，乳白色的月盘嵌于其上，散发出温和的柔光。戴安抿一口茶，袋装茶入口不够顺滑，好在羽兰的幽香没有打折。在月下，她整个人变得清亮起来。三十标准年不见，比喆还是一样可爱。

"太太，请问我可以坐这儿吗？"

头戴窄檐帽的中年男人半弓着身子看向戴安。她点点头。

男人坐下，摘下帽子搁到桌上。"月色真好。"

"是啊，尤其是久别重逢的时候。"戴安回味着羽兰茶的清香。

"从背月面来？"

"对。"

"那儿不剩什么人了吧？签了双边协定以后，赫林一大半人口都跑来向月面了。"男人的语气并不怎么高兴。

"哦？那向月面应该很热闹咯？"戴安忆起月见城的市集和祭典，她在月无镇的这些年再没见过那番热闹景象。

男人叹口气。"都从向月面搭船去比喆啦。离航空港近的月见城还算好，其他城市都空荡荡的。我这一路见多了准备去比喆工作的年轻人，都说月亮上机会多，就这么背井离乡去给外星人打工。"

"比喆上的人都是从赫林过去的，算不得外星人吧。"戴安微微蹙眉。

男人哼一声。"当年去比喆开荒的还不是些失败者，在赫林混不下去才背井离乡，这么多代过去了，他们靠那些小岛致富了，哪儿还有人记得赫林？翅膀硬了就不认亲娘，从他们闹独立起，就成了不折不扣的外星人。照我说，就该继续不跟他们往来，直到比喆人认错。"

戴安避开话题。"开放之后，赫林也多了不少其他星系的游客吧。"

"那些外星系佬，只会在月见城对着月亮傻笑，一进双子女神庙就大呼小叫。"男人抓起帽子给自己扇风。

戴安没有答话，男人口中的外星系佬，有一大半与赫林人比喆人同根同源，古地球的血脉散布在联盟星域的各个角落。

片刻寂静后，男人重又开口："太太，那车是你的吧？"

他指的是停车场上那一抹暗红，戴安嗯了一声。

"三十标准年前月见城产的林鹿？保养得真不错。"男人咽了口口水。

"谢谢。那可是我最疼爱的孩子。"戴安远远望着爱车，这种车型早就停产了，如今的车子都采用流线型设计，有棱有角的古董林鹿反倒别具风韵。

"太太，我想，"男人顿了顿，"我是说，你有没有考虑过卖车？"

原来是看中了她的车，戴安反问道："你会把自己疼了三十年的孩子卖掉吗？"

"我可以出高价。我收藏古董车……"男人急忙接口。

戴安摇摇头："对不起，我还要开着它去向月面看潮呢。"

"看潮?"男人一脸惊讶,"照这车的速度,你抵达向月面差不多正好是大潮,你一个人去看潮?这太危险了,你都这么大……"

戴安打断他,"按照联盟标准,我才五十六岁,没那么老吧。何况,我还要赶去见一个老朋友。抱歉,我得上路了。"

她朝男人欠了欠身,把他的对不起抛在身后,回到爱车旁。坐进驾驶座前,她又望了一眼天空,月亮不那么圆了,圆盘右侧缺了一小块。她知道,如果留在原地,随着夜渐深,月亮的缺口也会越来越大,直到黎明前夕,只剩左侧的一弯残月,最终消失在明天的第一缕阳光之中。

*　　　*　　　*

戴安被叫醒时,艾琳不在房间。迷迷糊糊中,她听到来人说些什么"间谍"、"泄密"、"比喆",她还没弄明白就被请去"配合调查"。她在赫林安全局的调查室里坐了一整天,重复了一遍又一遍这五天来所有的细节,口干舌燥,嘴唇表皮几乎磨出水泡。当然,她略去了与尤伽私下交流的内容。

"实验室的钥匙呢?"这天快结束时,紧绷着脸的调查员突然问起。

钥匙?戴安摸了摸脖子,一直挂在脖子上的项链不见了,她试探性地问:"被你们收走了?"

调查员摇头:"不在接受检查物品清单里,你进来时就没带在身上。"

说了一整天话,戴安的头有些疼,她按压隐隐作痛的神经。"那就是掉在寝室里什么地方了。"

"没有,我们彻底搜查了你的寝室,那里没有钥匙,不过我们发现了比喆历藻。"调查员的语气同他的衬衫领口一样冷硬。

他们搜查了她的寝室?戴安的头更疼了。"你们有什么资格侵犯我的隐私……"

"比喆活体动植物被严禁带入赫林,你为什么会有历藻?"

"那只是朋友给我的礼物……带来时是干燥的,已经死去的……"

"哪个朋友?"调查员声音冷峻。

"尤伽,来参加会议的比喆能源研究所研究员,他只是……"

调查员打断了戴安:"他只是为了接近你获取赫林机密。"

"不是的!"戴安叫道,这个念头却钻进她心里,笼上一层不安。

"再把你这五天来通敌的细节重复一遍。"调查员并不理会。

"我没有通敌……"戴安的辩驳在调查员的瞪视下显得苍白无力,她舔了舔干裂的嘴唇,又一遍讲起来:"大会第一天,我最后一个演讲……"

审讯调查持续了六天。第七天，戴安被放出来，终于见到艾琳。

"安！"艾琳搂住她，轻抚她的背，"对不起，我没想到会这样……如果我早点发现就好了……都过去了，没事的……"

"到底怎么回事？"戴安在艾琳的怀中不知所措。

艾琳声音哽咽："尤伽他……我到实验室时发现那里一片狼藉，资料都被翻动过了……我应该先去找你商量的……我太害怕了，数据不见了，所有人这几年的努力都……我报了警……"

戴安心底渐凉。"这和尤伽有什么关系？和安全局又有什么关系？"

"对不起，安，我知道这很难接受……"艾琳加重了手里的力道，"尤伽他……是比喆的间谍……"

"这不可能！"戴安推开艾琳。

"他们在尤伽下榻的酒店找到了你的实验室钥匙……"艾琳垂着头说。

戴安体内所有的力气被一下抽尽，心头的火焰也彻底熄灭。

尤伽被指控盗取赫林机密，比喆否认赫林的无理指控，赫林却坚称比喆在赫林领土进行间谍活动，本就不怎么样的两星关系再度陷入僵局。赫林决定无限期中断与比喆的所有往来，尤伽则被终身禁止再次踏上赫林。赫林当局对于潮汐能的关注在萌芽期被彻底扼杀。

　　戴安把自己关在寝室过了很久，最终递交了休学申请。她用所有的积蓄买下一辆林鹿，只身离开月见城。启程那天，艾琳来送她，她憔悴了很多，戴安没说什么，只是答应到月无镇后给她写信。

　　这一去便是三十标准年，戴安再也没有见过艾琳，只是从信中得知她嫁给了赫林安全局负责调查尤伽一案的组长，组长后来一路晋升至局长，艾琳也从大学寝室一路搬到山上的公馆，成为月见城有名的局长夫人。戴安自己则与背月面出生的一位普通教师结婚，说不上有多少爱情，却是默契的生活伙伴。

　　　　　　　　　*　　　　*　　　　*

　　山路太窄，戴安不得不把车停在山脚，一路拾级而上。月见城多月葵，近郊更是这种植物的天下。正值月葵花季，夕阳的余晖给满山的花镀上一层暗金。

　　戴安走得很慢，抵达艾琳的公馆时，仍气喘吁吁。她摁响门铃，来应门的是管家，她报上姓名，被迎入屋内。坐在客厅等候时，管家递上一杯羽兰茶，暗香钻进戴安的鼻子，仔细闻却又遍寻不着，茶水入口顺滑若无物，香味却萦绕舌尖，是珍贵的隐羽兰。喝完茶后，戴安被引向后院。艾琳家的后院没有墙，从这里可以一眼望见满坡月葵，还有山下的葵江。她在后院里独自坐到天黑，半轮月亮在她头顶正上方的天空显形，艾琳还是没有来。当戴安心底隐隐觉得不安时，管家出现，点亮后院的灯，交给她一个盒子，一封信，还有一壶葵露酒。

她拆开信，是艾琳的笔迹。

安，

　　你终于来了。

　　对不起，我没能等到你，没法当面对你说抱歉了。

　　尤伽不是间谍。

　　实验室是我弄乱的，数据也是我销毁的，你脖子上的钥匙是我取下后丢在尤伽下榻的酒店里的。亲爱的，你回来后睡得可真熟。

　　那晚你第一次出门我就醒了，悄悄跟踪你一点都不难，你甚至都没往身后看一眼。我恨他，恨他的目光永远只停留在你身上却不看我一眼。我也恨你，恨你背着我与他偷偷幽会。我想让你们再也无法相见。

　　年轻时的我啊，想要什么会得不到呢？我若得不到，别人也休想得到。那时真是幼稚，后来我才知道，人这一辈子不可能想要什么就有什么。

　　本来我可以撒个小慌，让你相信他背叛了你，反正他也要走了，你们不知何时才能再见。可我想起潮汐大会后的论文中期检查，想起系主任所说的严苛的校外检查小组，他们绝不会留情的。你也知道我的实验都是系里男生帮着做的，论文都是借鉴师兄的成果，我担心过不了检查，担心毕不了业，担心就此留下污名。这似乎是上天赐给我的机会，比詰间谍接近赫林女学生进入实验室，窃取机密后销毁资料，天衣无缝是不是？

事情的发展出乎我的意料，我没想到这会成为两星彻底交恶的导火索，我本来只想他被限制入境。我很害怕，害怕会有人发现真相，害怕我会被抓起来甚至处死。你把自己关在寝室的那段日子，都不知道我是怎么过的，我每天都被噩梦吓醒，在担惊受怕中度过白天。秘密好像一柄利剑悬在我的头顶，可我不能说，说出来我的一生就完了。

后来我才想明白，两星断绝往来并不是因为我。赫林政府早就想要一个理由了，比詰大概也一样，这桩间谍案并没有被彻底清查，不然我那拙劣的手段怎么可能不被发现？我只是恰巧给赫林当局奉上了他们想要的导火索。当然，这是我当上局长夫人以后才明白的道理。

想通以后，我不再觉得愧对赫林或比詰，让两星外交和能源短缺都见鬼去吧。我对不起的人只有你和尤伽。

说出来后舒服多了，反正我是将死之人，也不怕什么了。

你会原谅我吧？会代表尤伽原谅我吧？

不用回答。我知道你会的。

爱你的琳

又及，盒子里是这些年来他寄给你的东西，绕道由联盟商船运来，可还是被赫林安全局扣下了。凭借局长夫人的身份，我在它们接受审查后将其领了出来。对不起，作为当年不自觉被敌方间谍利用的嫌疑人，你的所有外星来件都被扣下了，却也只有他寄来的这些，全在这里。

纷繁芜杂的情绪在戴安心里同时奏响，一时分不出高低。艾琳，我的好艾琳。我可以恨你吗？我可以不原谅你吗？

戴安为自己倒一杯葵露酒，辛辣的液体顺喉咙下滑，一路烧进食道，烧进胃里。在这强烈刺激下，她反倒平静下来，好像心底积压多年的大石被砸碎，又被酒冲刷出体内。她终于释怀，尤伽没有骗她，从来就没有。烧灼的感觉化作清凉，她抬头看月亮，比喆在夜空中的位置没有变，形状却从半圆变胖了几分。尤伽，你还好吗？

她打开盒子查看，《比喆生物图鉴》，群岛风物日历，三两种她在赫林从未见过的贝壳，她叫不上名字的植物标本，还有满满的信。

她从第一封信读起，一直到最后一封。他的困惑，他的彷徨，他的思念，他的执著，在每一字每一笔中灼灼燃烧。尤伽在比喆的日子并不好过，被邻星诬为间谍，却压根没有带回任何情报。比喆当局对他进行盘问后一无所获，便放他回去继续研究。可自此以后，没人再理会尤伽关于同赫林合作研究潮汐能的提案，他自己的课题也陷入瓶颈无法突破。头顶的赫林成了他唯一的慰藉，他从未离开过月陆岛。每逢黄昏和凌晨，他总是站在比喆向月面的中心点，望着天空中赫林的方向，听潮汐拍打海岸，想象戴安也在赫林望向他。就这样日复一日，年复一年。

读完所有的信，戴安脸上凉凉的。为什么，为什么她不信任他，为什么她要怀疑他，为什么她不听他的话在向月面等他。信在三年前断了，赫林与比喆签订双边协定的前一年。尤伽怎么了？戴安不敢猜测，却又不得不想。她心中似乎有最可怕的答案，却不敢确证。她在盒子底部重新摸索，摸到一张叠成小块的报纸，徐徐展开，她从最大的新闻标题读起，最终在角落里看到她寻找的消息——尤伽的讣告。戴安的心彻底凉了。

她靠上椅背，手中的报纸飘落在地。天空中的圆月亮得刺眼，她忍不住闭上眼。黑暗之中，视觉之外的其他感官变得敏锐。她听到葵江的海浪声，闻到月葵花瓣上清醇的夜露，她感到凉风拂面，风干的泪痕紧绷在皮肤上。她静下心，重新思考过往。再睁眼时，她想通了。其实她内心深处早就猜到了结局，早在她打开盒子之前，早在她收到艾琳的包裹动身离开月无镇之前，甚至早在三十标准年前的那个夜晚，她早就知道他们不会再见。只是这些年来，她一直拒绝接受这个结局。也许，她当年离开向月面并非出于愤恨或绝望，而只是想要逃避，逃避她不得不面对的事实。可即便她躲在背月面，比喆仍在空中，睁开眼，注定的结局仍在眼前。与尤伽相爱本就只是一场梦的涟漪，无论有没有艾琳，赫林的她和比喆的他在那个年代都绝不可能在一起。就像赫林与比喆相互绕行，一星的偶然的天平动在另一星引起大潮，片刻后重又回到原来的稳定状态，影响消退后潮水仍旧按照每日的固定节奏涨落。她不怪艾琳，她怎能怪她。戴安在尤伽的真切感情中做了三十年的梦，这已足够。

戴安捡起地上的报纸，重新叠好放回盒子。

月光下，葵江潮涌翻滚，泛起粼粼波光。

戴安突然想起三十年前的场景。那一夜，绵长的亲吻之后，她与尤伽并排躺在月葵田边，她的头枕着他的臂膀。

"在比喆，我们有个传说，"尤伽的声音有些恍惚，"每一千年会有一次极大潮，比喆与赫林的潮都会升到极高，两颗星球的水体会在空中相接。那时，比喆的小伙子就能划着舟一路往上，去见他在赫林的爱人。"

"骗人，你们哪儿来这种原始时代的传说啊，真空中怎么泛舟？再说，赫林人到比喆总共才没几百年。"

"你又认真了，真可爱，"尤伽揉了揉她的头发，"说真的，即便我的肉身过不来，我的灵魂、我的思念也会在大潮时一路从比喆飘来赫林见你。"

戴安笑了："那涨潮时我就在赫林的水边等着，从水里把你捞出来。"

他凝视她的眼里月光泛滥，她跌落进去，两人再次拥吻。

三十年后的此刻，戴安斟一杯葵露酒，高举起来敬天上的月亮，随后一口喝下。葵江水涨得更高了，隆隆的潮声灌进她的耳朵。微醺中，比喆似乎晃了一下，她揉了揉眼，仿佛看见一个影子向她飘来。

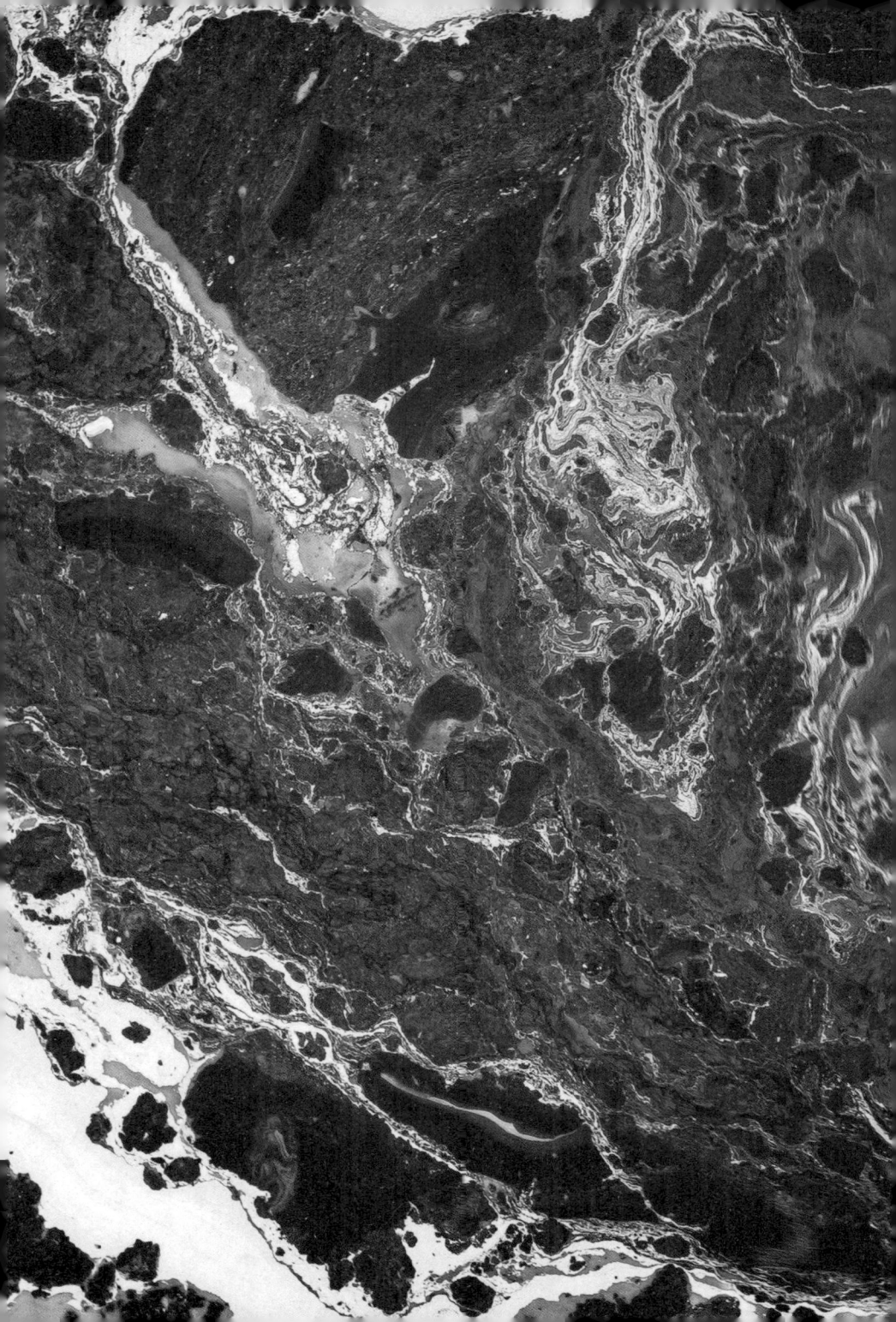

重返弥安

飞行器在距冰面三十米处熄火，借着惯性和重力滑出一道平缓弧线，直到最后一刻才启动悬停设备，静止在冰面上方不到一米处，起落架由底部探出，稳稳落在冰面上。

　　卡娅跃出驾驶舱，弯腰检查飞鱼号底部，三枚起落架如倒扣的碟子般吸附于冰面，她拍拍飞鱼号的船身，嘴角上扬。这是她特地为此次旅行配置的装备，卡娅出品，安全可靠。

　　我回来了，弥安。她在心底说道。

　　卡娅在联盟公立学院长大。联盟免除了星际难民的所有教育费用，并以令人心动的价格提供医疗保险，可这些年来的生活费和维护费依旧不是笔小数目。直到去年，卡娅才还清联盟的低息贷款，获得前往外围星域工作的准证。外围星域是联盟疆域扩张的前哨，未来殖民星的拓荒地，这儿的工作往往艰苦而危险，与之相伴的则是丰厚回报。卡娅需要钱，但这不是她向塞恩计划执行委员会递交简历的唯一理由。

　　她想回弥安看看。围绕塞恩旋转的行星共有十一颗，孕育智慧生命的唯有一颗，或者说，在塞恩星系，曾经孕育过智慧生命的行星唯有她的母星弥安。

弥安表面被冰覆盖。卡娅绑紧冰鞋鞋带，右脚蹬地，向前滑去。

左右脚底的冰刀交错与冰面接触，卡娅享受着速度带来的快感。运动带起的风刮在脸上略有些疼，不过她不在意，反而继续加速。弥安的冰面平整如镜，目及之处甚至看不到一丝凸起，0.85 标准值的重力加速度和冰面的低摩擦力让她感到久违的自由轻盈。初学滑冰时的笨拙消失不见，此刻的她就是冰面上的女王。卡娅裸露在外的每一寸皮肤都感知着空气的流动，她用右足刀齿点冰，左后内刃起跳，完成两周旋转，平稳落地后继续向前。卡娅开始学滑冰时早已成年，错过最佳就学年龄的她和孩子们一道踏上冰场，跌倒摔伤只是稀松平常，看着年幼的孩子比她更快掌握动作要领才是真正的煎熬。她总在其他人入睡后回到深夜的冰场，独自练习，起跳，旋转，一遍又一遍。那时，她甚至不确定自己是否能踏上弥安的冰面。

卡娅不太记得离开弥安之前的事了，那时她还太小。她对母星唯一的印象是水，覆盖整颗星球表面的海洋。她的族人在此生活、嬉游、繁衍，无忧无虑，直到塞恩的火舌近距离舔过弥安，这里的水不断升温，活着的族人驱赶鱼群躲到背日面的深水域，可仍躲不过自水表侵袭而来的灼热。联盟观测到塞恩的异常活动，又意外发现恰巧运行到近日点的弥安上有智慧生命活动，紧急调派最近的星际舰队进行救援。

可惜还是晚了，他们赶到时，只来得及救下弥安原住民人口的千分之三。卡娅的父母在这场灾难中丧生，她与仅存的数百族人一道被联盟带回发展完善的殖民星，接受教育与改造，以融入联盟社会。从学校学到这段历史后，卡娅试图回忆浸泡在热水中的不适与恐慌，却一无所获。生理学课本告诉她，弥安人在四岁以前还是尚未发展出完整感知的幼体。她离开弥安时才三岁，脑海中根深蒂固的印象唯有沁凉的、碧蓝的水。

此刻，冰面上的滑行让她朦胧忆起遨游水中的愉悦，这是她从行走或奔跑中无法获得的体验。难以言喻的轻松涌上心头，像一股浮力将她托向天空。她以左前外刃蹬离地面起跳，在空中逆时针旋转，一周、两周、三周，她做到了！心头的澄澈一如弥安的空气，洗净一切灰暗，她在澄澈中下落，冰刀接触地面的瞬间右膝却传来刺骨的疼痛。她跌落在地。

又来了。卡娅坐在冰面上揉搓右膝，顽疾复发的时间间隔比她预期的更短，也许是弥安寒冷的天气造成了不利影响。出发前她去医院做过检查，医生建议尽快更新部件，在升级之前定期维护并避免剧烈运动。可她等不起，她手头没有足够的钱，前往塞恩星系的任务也不可能延期。这也许是她唯一一次回到弥安的机会，她不能错过。

她如今使用的这对仿生义肢寿命已超过十年，小毛病不断，她靠医疗保险勉强维持义肢的正常运作，却没闲钱升级。这对义肢是联盟政府赠送的，在她离开弥安之后。为了帮助获救的弥安难民在陆地星表生活，为了帮助他们更快融入联盟社会，联盟难民救济署拨款购下这批仿生义肢，替换了弥安原住民的鱼尾。卡娅并不记得手术的情景，她只记得自己做了个很长的梦，醒来时她已拥有双腿，成为联盟的正式公民。刚开始学走路就跟刚开始学联盟通用语一样难，生理上的疼痛和精神上的挫败伴她走过陆上的最初几年。弥安语只有简单的几个音节，用于水面之上的发声沟通，更多时候则通过肢体动作在水下完成交流。卡娅早已忘记弥安语的使用方法，从课上的简短录像来看，那是一种优雅舞蹈般的语言，很适合舞台表演。她摩挲着近乎退化的腮，庆幸自己没有被关进动物园或卖给马戏团。联盟给了她同人类一样的双腿，给了她公民权，给她接受教育和工作赚钱的机会，她没什么可抱怨的。她只是想回母星看看。

近几个月，卡娅越来越频繁梦到弥安。在梦里，她重又换上鱼尾，在弥安的无边水域中游动穿行。她手持海贝刀狩猎野生鱼群，饱尝鲜美鱼肉后浮上水面，在藻月投下的莹绿光辉中祷告，感谢弥安女神的恩赐。结束祷告后，卡娅扭身欲回水底，视线却被岩月影下的朦胧光晕吸引，岩月影中不该有光。她悄悄朝那团光晕游去，尽量不扰乱水流本身的波动。离得近了，她隐约看见光晕中有一身影，察觉到卡娅的存在正缓缓转身，那是……即将看清之际，她从梦中醒来。

卡娅第一次做这梦是三年前，她没把它当回事，直到一年前同样的梦境再度上演。去年，她申请了塞恩计划中的职位，她将驾驶飞船把最后一块区域的覆膜拖曳到位，完成对于这颗恒星的包覆。计划在灾难发生后的第二年启动，为了防止塞恩的突然爆发烧毁星系中的一切，也为了更有效收集能源，联盟计划将塞恩整个包裹起来。覆膜可以吸收大部分的热能，并将其转化为电能存储，为数不多的漏网之鱼从尚未盖上覆膜的方向散溢而出。弥安星表的温度大幅降低，水冻结成冰。灾难中幸存的原住民都已撤离，星球上的其他生物却只能在冰面下苟且生存，直到冰面蔓延到它们生活的水层，自此沉睡于巨大冰棺之中。卡娅收到录取通知的当晚，她又做了回到弥安的梦，又一次在看清光晕中的身影前醒来。此后，同样的梦境不断复现，她决定回弥安寻找答案。

准备工作并不难。作为一名优秀的飞行器驾驶员和机械师，卡娅不费多少力气就能让飞鱼号适应冰面着陆。塞恩计划的工程基地离弥安不远，单程仅需三个标准时。卡娅抵达基地的第二天就借口考察周边环境和飞行训练离开，驾驶飞鱼号直奔弥安，毕竟这是她的母星，没人会阻拦一个失去家园的难民回乡哀悼。

谁能料到，此刻的她却坐在冰面上独自叹气。没法再滑冰了，卡娅卸掉鞋上的冰刀，她庆幸自己准备了两用冰鞋，鞋底的细小钉齿能防止在冰面行走时打滑。她试着站起来，一瘸一拐向前走去。没了方才的速度，她反而得以仔细观察四周。弥安星表没有陆地，这曾是一颗属于水的星球，如今却属于冰。没有山川，没有沟壑，在星表温度逐渐降低的过程中，连最凶猛的浪都平复下来，无视两颗卫星的潮汐力，沉沉趋于静默。卡娅不知道该去哪里，来之前她相信在母星上一定能有所发现，至于如何发现却毫无线索。她垂下头，视线落到冰面，半透明冰面底下的黑影吸引了她的注意。她用左腿支撑整个身体的重量，小心俯下身查看。那是一尾鱼，不过一掌长，身体却胖得过分，两对短小的侧鳍滑稽地张开，似乎正努力往前游似的。可怜的小家伙，直到生命最后一刻都在逃命，可惜终究逃不过这严寒。卡娅站直身子，重又迈开并不流畅的脚步，这回她半低着头，将大半注意力放在冰面以下。

果然，相隔不过十几步，冰面下再次有黑影浮现。这回是一小片鱼群，或者说类鱼群，它们不过半指长，身形似鱼，体表却覆盖着灰黑色硬甲，这群怪鱼总共约四五十尾，同刚才的胖鱼一样，也是一心往前游的样子，它们前进的方向和胖鱼一样，都是卡娅目前行走方向的一点钟位置。它们为什么要挣扎到最后时分？相同的朝向难道只是巧合？卡娅调整方向，循着鱼群往一点钟方向走去。

一路上，她不时遭遇冰面下的生物，舒展虹彩尾翼的鱼，状若海藻的集群生物，长着密密麻麻钩状口腕的水母。在被彻底冻结之前，它们无一例外朝同一方向努力游着，它们在追寻什么？抑或逃避什么？

天色逐渐暗下来，九点钟方向天际悬着一轮昏黄光斑，那是塞恩，它轮廓模糊，若不仔细辨认，几乎无法将之从天幕剥离。孱弱的光线被卡娅的身体阻挡，在冰面上留下一道黯淡狭长的影。观察冰面下的生物变得越来越难。蓦然，一片虽浅则大的影撞进她的视线。她朝前走几步，来到影子正上方，它所在的冰层似乎比之前的生物都深，卡娅正踩着它的尾鳍，她伸展开双臂都够不到尾鳍两端。卡娅继续往前，影子在尾鳍与身体连接处变窄，而后再次变宽，她走到这庞大的影子最宽处正中，她的长影彻底隐没在冰面深处的巨影之中。她的心如被冰刃刺穿般冷而痛，她屈起左膝跪倒在地，又放下右膝，侧坐到冰面上，她缓缓俯下上半身，左脸和前臂贴上冰面，寒气经由衣料和裸露的皮肤渗进她心里，却没能冻住她的眼泪。在塞恩的余晖下，卡娅哭了。

出发之前，卡娅向工程基地请了三十个标准时的假，如今已过去三分之一。塞恩已彻底降到地平面以下，弥安星表的温度也随之下降。藻月之光比梦中弱得多，好在冰面对光的反射要比水强，借着这绿光，卡娅加快脚步，朝那些生灵至死追寻的目标走去。卡娅试过偏离前进的路线，不久便遇到新的生物，它们的朝向同她最初行进的方向相比略有偏转，却毫无疑问朝向同一终点。就好像那里有一处孔洞，水中万物随水流径直向那儿涌去，在这过程中被缓缓冻结成冰。冰下的黑影愈发密集，藻月的光不足以照亮它们的细节，好在卡娅清楚自己跋涉的方向，她知道，答案已经很近了。

岩月的影代表绝对的暗。卡娅记得课本上的弥安风貌，那一章内容仅为弥安遗孤设置，在统考范围之外，卡娅却读了一遍又一遍。除了覆盖整颗星球表面的水域之外，弥安的双月是其另一标志。弥安仅有的两颗天然卫星被原住民称作藻月和岩月，藻月体积更大，其星表吸收光谱中除绿色以外的所有色光，反射到弥安的月光呈莹绿色，岩月体积更小密度更大，吸收所有波长的可见光。这段描述在不断重复的梦中得到印证。

　　藻月的光已伴随她一路，再往前是岩月之影的地盘。她深吸一口气，踏过光与影的界线，进入黑暗的世界。她不再低头寻找冰面下的生物，而是沿着早已确定的路线继续走下去。

　　黑暗之中，视觉被完全封闭，其他感官却敏锐起来，卡娅索性闭上眼。她听到远处传来低沉的涛声，兵刃撞击声，还有短促的弥安语音节，她闻到淡淡的血腥味，硝烟味，还有焦煳味。战争的味道，卡娅猛地睁开眼。

　　前方不远处，是梦中那团光晕。卡娅朝光晕走去，很奇怪，她在紧张兴奋的同时又感到无比安宁。走到近前，卡娅发现光晕中并没有什么身影，那只是一团冰蓝色的光，不过一人多高，光的强度以缓慢的速率做周期性变化，一明一灭，变化幅度不大，其高度也随之微微增加或减少。卡娅伸出左手探进光里，那里竟是一片温暖，她又向前送出前臂，而后是手肘，接着整个人跌进光里。

　　她坠入水中，冰面上方的蓝光仍在律动。水并不冷，水温和暖流季时没什么差别。

　　暖流季？卡娅心头一怔，她为什么会记得暖流季？

　　*因为你是弥安的女儿。*一个声音在她脑海中响起。

　　谁？卡娅不免疑惑，可这声音温柔沉稳，她的警惕与不安被抚平。

　　*先来看看这些吧。*声音并没有回答她的问题。

　　卡娅感到水流引领她向下。她甩动鱼尾，往水深处游去。她何时又拥有了鱼尾？这是梦吧，无比真实的梦。

不知游了多久，她看到前方荧光闪耀。那是一栋荧光珊瑚搭出的神庙，卡娅游近，拨开门口的海藻，进入其中。神庙内壁的荧光比外壁更强，并不宽广的空间为荧光照亮。一群袖珍虾从她眼前游过，穿过并不严密的珊瑚墙缝隙从另一头钻了出去。这里还有生命。

这儿的热量维持不了多久，小家伙们还不知道。声音无奈而悲痛。

卡娅仔细打量这片空间，这是一个七边形房间，除设门的一边外，其余六边靠墙都摆着高及天花板的架子，架子上是若干圆球，大小不一，半透明球面上虹光浮动。

*这是弥安的所有记忆，从星诞纪冰期到三鲸纪冰期后的间冰期，也就是现在。这是个好时代啊，悠长夏日，还孕育出了智慧生命。第四纪冰期不该来得那么快。声音似乎陷入*无尽回忆中，听来有些恍惚。

卡娅游向靠门右侧墙边的最后一个架子，取下架子上最后一颗圆球。圆球很轻，其重力似乎差不多刚好与浮力相抵消。卡娅鼻尖轻贴球面，球面微微凹陷，就像水中的空气泡。她一头扎进圆球当中。

她看到水面上的浮冰。弥安上已经没有原住民了，被遗弃在这颗星球上的其他生物也感受到气候的异常。来自塞恩的光与热不断减弱，星球表面结起冰层，并逐渐往下扩张。这颗星球上仍旧温暖的唯有一处，形形色色的生灵都往那一处迁徙，它们或在途中耗尽精力而死，或被封冻在不断加厚的冰层中，成为一件永不腐朽的装饰。唯有少数幸运者成功

71

抵达，即便如此，它们仍需不断向下，以寻求更温暖的环境，不少生灵由于无法承受水压而在中途放弃，屈服于寒冷和死亡。

卡娅从空气泡中出来时，眼角已带上了泪。她将这份记忆放回原处，伸手捧起倒数第二个圆球。

这一回，她遭遇的是战争。联盟也曾提出优渥的条件劝说弥安原住民移民其他星球，他们对于塞恩的稀有粒子收集计划势必将影响弥安生态。原住民不愿离开生育自己的弥安，更不愿看到母星陷入永世封冻之中，战争打响了。这本是毫无悬念的战争，联盟士兵训练有素，他们有先进的枪械和坚固的战舰，而弥安的子女只有岩石与海贝制成的冷兵器，以及水的掩护。联盟的本意或许并非屠戮，他们只是在原住民来袭时用枪雨驱赶，却不伤及其性命。可这种懈怠式的对抗在某夜之后改变了，原住民在夜袭中杀死三名联盟士兵，联盟不再顾及原住民性命，战况不断升级。即便此时，联盟对原住民使用的依旧是单兵作战武器。熟悉的兵刃撞击声和弥安语呼号，熟悉的血腥味和硝烟味。死去的联盟士兵被回收进战舰，战亡的原住民尸体则沉入水底。终于，趁着双月交汇、所有电子设备失效的那夜，一支原住民小队从水底接近停泊在水面的一艘联盟战舰，驱使数十头强酸墨鱼朝舰底喷吐酸墨，战舰沉了，舰中士兵全灭，他们的尸体同之前战亡的原住民一样沉入水底。第二天，弥安水表的联盟战舰全数撤离，原住民还来不及庆祝胜利，便在突如其来的爆炸中四分五裂。联盟的驻轨母舰投放了大规模杀伤性武器。参与战争的成熟体原住民几乎全灭，老人们带着孩子从深水域浮出水面投降。在得到联盟保证幼体生命安全的承诺后，老人们取下腰间的海贝刀集体自杀。联盟舰队带着弥安最后一批原住民离开。

卡娅沉浸在这段血腥记忆中，心如被撕扯般疼痛，她放下圆球，忍不住蜷曲身体干呕起来。这就是所谓的灾难，这就是联盟拯救弥安难民的真相。为什么，到底是为什么？她忍不住在心底呼喊。

为了财富，塞恩有他们想要的资源，而弥安只是微不足道的祭品。那个声音再次响起。

可他们就不能换一个目标？宇宙中像塞恩这样的恒星还有很多不是吗？卡娅仍旧不解。

塞恩只有一个，就像弥安也只有一个。弥安的子女不会放弃自己的母星，而他们也不愿放弃好不容易发现的宝库。声音中是无尽的悲哀。

卡娅咬住下唇，托起倒数第三个圆球，它体积最小，虹彩变幻却最为绚烂。

天气很好，塞恩撒下暖金色的光，几尾弥安原住民在水面休憩。其中一尾雌性成熟体怀抱着一尾幼体，她轻轻哼唱简单的曲调，幼体眼中闪着光，鱼尾随曲调甩动。附近的水面突然泛起波纹，一尾雄性成熟体钻了出来。他靠近那尾雌性，举起手中刚捕获的鲜鱼向她示意。她向他伸出左臂，迎合他的拥抱，而后用左手接过他手中的鱼，用牙齿撕下鱼肉喂给怀中的孩子。他深情注视她们，她回望他，水下交错的鱼尾激起水面的阵阵涟漪。

这是……卡娅自身的某些记忆苏醒了。

你父母。他们深深相爱，也同样爱你。声音里充满柔情。

卡娅再次哭泣，泪水融入水中消失不见。我可以带走这份记忆吗？

它本就存在于你心中。没人能够夺走弥安子女的记忆，弥安记得一切。卡娅的悲伤在沉稳有力的声音中渐渐平复。

你是……弥安女神……卡娅突然意识到什么。

很多人这么称呼我，可我并非神。我是弥安，我是这颗星球。声音渐弱，卡娅重又跌入不知何时出现在身旁的冰蓝光晕之中。

醒来时，卡娅躺在冰面上，身下垫着晒干的海草，塞恩微弱的光线洒在身上。她站起身，右膝的疼痛已经消退。她重又给冰鞋装上冰刃，往飞鱼号的方向滑去。

她近乎贪婪地呼吸弥安的空气，想要记住这里的味道。她更想潜入弥安的水中，让咸腥的海水进入口中，再从腮孔流出。不过没机会了。她得回到飞鱼号上，回到工程基地，三个标准日后，她会按照计划起飞，带着最后一片区域的覆膜飞向塞恩。可她不会将覆膜拖曳到位，她会破坏节点支架，将其推近塞恩，让破碎的覆膜垂向燃烧的恒星，然后在基地意识到之前，驾驶飞船撞向塞恩。她知道凭自己和飞船并没有办法兴起多大的浪，但连锁反应会让塞恩的火舌一步步吞噬周遭的覆膜和支架，足够的光与热终将回到弥安。冰将融化成水，被冻结的生灵将重获自由，水面将再次泛起波纹，在双月的牵引下卷起波浪，弥安将复苏，这颗星球会重获生命。

发条麋鹿

1

男人走在街上。夜色浸没他的身体，凉意凝结于他的眉梢，拽着他的步子往地上沉沉坠去。

全息店招沿街林立，投影中的美人、动物或是混杂多种特征的不知名生物重复着几个简单的动作，招揽顾客走进它们代言的商店。男人踏入一个怀抱冰淇淋的小熊影像，光即刻包围了他，藤蔓般扭动缠绕他的全身，男人没有察觉到，继续前行，光蔓松开他，重又复归原状，凝固于虚空，小熊脸上的笑容一如先前。

第三天了。他逃离那个地方，逃离可怕的实验，汇入城市的人流，如一滴水汇入海洋，他无法控制自己的走向，也没人能追踪他的行迹。至少，他希望如此。他的外表与普通人类没什么区别，人造仿生皮肤的技术早已成熟，紧裹着他异样的血肉与骨骼。穿白大褂的男人对穿西装的男人介绍说他是新人类的未来，机械和基因改造让他拥有熊的力量和豹的速度，鹰的视力和狼的嗅觉。西装男点头说，继续实验，我们需要更强大的赛博格。去他妈的赛博格，他是个人，活生生的人。当天晚上，他逃走了。

　　生理上的异能使逃离过程本身变得容易，难的是在城市中生存。他找到和组织签约那天穿的衣服，五年不穿已经偏小，紧绷在身上很是难受，可他没有钱买新衣服，更没有信用芯片，他不能偷也不能抢，得避免引起注意，更何况，他是一个人，有尊严的人类。三天来，他唯一的食物来源是商场的新品试吃。也许是双休日的缘故，今天连向来无人问津的酸鲱鱼玉米粥、蒜味布丁和海鲜巧克力都只剩残羹。他一路走，一直走，体内能量逐渐流失，脚底的力气被抽离殆尽，前胸贴紧后背，腹腔几近真空，视线也模糊起来。真是讽刺，改造难道就不能去除饥饿？

　　恍惚间，熟悉的小丑投影出现在他面前。他聚焦起视线，小丑闭着眼，红鼻子夸张抖动，循着无形的香味转向一旁，玻璃门内是他同样熟悉的红色装潢，他这几天夜里的栖息之所。他推开门，闯进去，把身子甩向最近的座位，塑料椅又冷又硬，于此刻的他而言却是天堂。桌上躺着半包薯条，金黄色的土豆细棍瘫软在纸包中，表面泛着油光。他咽下一口口水，抑制伸手抓食的冲动，扭开头，油腻的香味却止不住钻进他的鼻孔，他深吸一口气，猛地回头，红色包装在清洁工手中一闪进了垃圾箱，桌上空空如也。他忍不住轻嗤，可笑的尊严。他摇摇头，趴在桌上，把头埋进双臂环成的窝，陷入潜意识的牢笼。

　　他被推醒时，天已大亮，顾客开始聚集，快餐店开始忙碌。他揉了揉眼，梦是模糊的，灰暗的，碎片状的，一如往常。实验室中的无数个夜晚，他曾寄希望于梦境，渴望在梦中逃离无边痛苦。一开始他常梦见夕，从他们相遇开始，一直到相爱的点滴。可不久后连这片刻的安宁也被剥夺，他们给他的脑壳安上电极，通进电流，他噩梦连连。即便最可怕的噩梦也不比他白天经历的折磨恐怖多少，逐渐，他变得麻木，甚而丧失做梦的能力。

清洁工绕回来又敲了敲桌子。他走出去，远方人流汇集，一阵涌动后排成长长一队，从这个街角拐到那个街角。他伸长脖子望去，放大视域，聚焦视线，队首有一个绑满彩色气球的倒 U 型架子，架子下是一张铺了白布的桌子，桌后一男一女，排在队伍最前方的中年人探出头，桌后的男人用一个手掌大小的黑色仪器朝那人照了照，一道红光闪过，桌后的女人递给中年人一个小纸包。接过纸包的人离开队伍，拨开外包装露出内里的棕黄色圆柱，当中还间杂着绿与红，那人一口咬下去，圆柱短了一截。是食物。他兴奋起来，迈动脚步，排到队伍末端。

队伍移动并不算慢。他半低着头，随前面那人的脚后跟一点点挪动，他不希望在这里被发现抓回实验室。不错，实验室里绝不会缺热量与营养，可那一袋袋颜色各异的流体并不能被称为食物，外头的食物要美味太多。

"先生，麻烦你看这里。"被一个清甜女声打断思绪时，他仍低着头。

他一惊，抬头看去，尖尖的下巴，微微抿起的嘴唇，小巧的鼻子，是夕！她复活了？惊喜之中他定神细看。不，不是夕，面前的姑娘确实与夕有几分相似，但绝不是她。姑娘眼神闪亮，虹膜的颜色就好像巧克力，她眨了下眼，他注意到她右眼瞳孔斜下方另有一颗黑色小点，好像一粒黑芝麻，另一颗瞳孔？他挺直身子，却移不开目光。

"先生，是这里。"姑娘侧了侧脑袋，伸手指向一旁。

他循着望去，男生手里的黑色仪器红光一闪。他下意识闭上眼睛。

姑娘笑了。"先生请不用担心，这对您的眼睛无害。恭喜您完成虹膜注册，请于三十天里到任何一家银行进行身份认证。这是您的三明治，请于本日内食用。"

他接过离开，几步后忍不住回头看去，姑娘扎着马尾，正朝下一位顾客微笑。真像啊，如果不是清楚记得夕在他面前死去，恐怕他会当场失控。

他扯开三明治的包装，一口咬下去。面包松软，蔬菜爽脆，肉的咸香统领所有的味道。三明治还挺好吃的，他得出结论。

第二天同一时间，他来到同一个地方。气球装饰下的桌子还在，她还在。他又一次排到队尾，这一回，队伍的移动无比缓慢，他将重心交替落到左脚和右脚，不时探头张望。那个老太太步子怎么如此拖沓，那个瘦高个似乎在搭讪，桌子后的姑娘怎么都不肯离开。他心急如焚，却无可奈何，他得排队，他得守规矩。

终于，他再一次站到队伍最前方，这回他知道该看哪里，却仍忍不住偷眼瞥她。仪器发出嘟的一声。男生让他盯着仪器看再来一次，他不得不照做。这一回，仪器发出一连串滴滴的声音。姑娘接过仪器检查一番，她微微皱起的眉头让他忍不住想伸手抚平。

她舒了口气，回头看他，说道："先生，您昨天是不是来过？我们的礼品仅限发放一次。"

他看着她没有回答。她的瞳孔收缩，右眼里原本较小的那颗却没再变小。

"先生？"她收回略微前倾的身子，换上冷冰冰的礼貌，"如果没有别的问题，可不可以请您……"

他的肚子叫了，响亮绵长的肠鸣。昨天吃了那个三明治之后，他没再进食。

她脸红了，从一筐小纸包里抓出一个匆匆塞给他，又提高声音跟她旁边的男生说："这算我的工作餐。"

他接过她递来的纸包，不小心触碰到她的手指，她的心率数据被测算后传输至他的大脑，每分钟 86 跳，正常高值。他紧紧攥着手里的纸包走向高楼间的狭窄小道，躲进城市的缝隙里远远望她，她的每一个微笑，每一次侧头，都在高倍放大下清晰若近在眼前。

等到三明治发完，人群散尽，他从缝隙里挤出来，回到气球架下。

男生不知去哪儿了。她正弯腰捡拾地上的塑料筐，把它们叠到一起。

"谢谢。"他说道。

她直起身看到他的脸，惊讶融进微笑。"是你啊……"随后又再度皱眉，"原来你会说话啊。"

他点点头："只是不习惯。"他早已习惯在实验中紧咬牙

81

关，不发一声。

她继续收拾。

"这个，给你。"他递出手里的三明治。

她再度抬头，眼中流露出不解。"给我做什么？你不是饿了吗？"

"这是你的工作餐吧，我吃了，你就没了。"他又把三明治往她的方向推进几分。

她笑了。"哈，我可以买别的吃啊。"她重又弯下腰，说，"你吃吧。"

他把三明治搁在桌上，绕到桌后帮她一道收拾。筐子不如他想象的那么轻，大概是一整天没进食的缘故。

一辆面包车停在他们旁边，车门打开，驾驶座上跳下的正是刚刚与她一起分发食物的男生，男生看见他愣了一下，没说什么。

他默默帮两人一起把塑料筐搬进车里，这耗费了他更大的力气。

筐子搬得差不多后，男生开始动手拆桌上的架子。

"嘿，还有一个啊。运气真好，站老半天才发一个三明治，根本不够吃嘛。"

"哎，那个不是你的呀！"姑娘叫着冲向男生。

来不及了，男生已经扯开包装咬了下去。

他的反应能力和速度足以让他在男生的牙齿接触到三明治前 0.3 秒夺下他手中的食物，可他没动。

"唔？"男生一边嚼着嘴里的食物，一边问道，"你的不是给他了嘛。"

"所以那是他的呀！"她冲到他面前，藏在身侧的两手捏紧成拳头。

"哎呀，"男生放下三明治，挠挠头，"我已经吃过了怎么办，要不赔他一个？"

姑娘松开拳头，摆摆手。"算了算了，剩下的工作就交给你了，我带他去吃点东西。"

说着，她从副驾驶座扯出个双肩包背上，朝附近的商场走去。

他跟上她，看她包后的动物挂件一左一右晃荡，那是头鹿么？还是马？

直到两人在餐厅坐定，姑娘才又开口说话。"我经常来这儿，这家店的牛肉饭超棒，味道好，量又足。"

他打开菜单，桌面上投影出牛肉饭的全息照片，极大一碗，大片牛肉盖满饭的表面，油光闪闪，变软收缩的洋葱片填补着牛肉与牛肉间的空隙，两根碧绿的青葱搁在牛肉之上。他闻到隔壁桌传来的香气，带着酱味和些微辛辣的肉香，这股气味逗引着他胃里的馋虫，肚子又咕的一声叫起来。

她又笑了，这回是不加掩饰的大笑，她欲向后仰又忍不住弯腰。"看来你是真的很饿啊。"她好不容易平复下笑意，叫来服务员，"两碗大份牛肉饭，一份不要放葱。"

"你……"他想说你不吃葱吗，话却被她截在半当中。

"我也饿了啊，女孩子就不能吃大份吗。"她睁大双眼，神情认真。

夕绝对不会这么说话，他没有解释，说："谢谢。"

"不用谢，奶奶从小就教我要行善积德。"她扭头转向窗户，把玻璃当镜子，拨了拨耳边的碎发。

她重新面对他，眼神清澈。他盯着她右眼里一大一小两颗瞳孔，数她眨了几次眼。她一手托腮，丝毫不畏惧他的凝视。"我看你的样子不像流浪汉啊，身上的衣服也不破不烂，怎么就饿成这样？过来旅游被偷了钱包？"

他张嘴，却什么都没说。

"算了算了，不想说也没关系，我不打听别人的隐私。"她坐直身子。

"迷路。"他搪塞出个理由，的确，城市如此之大，他却找不到去处，不是迷路又是什么？

"麋鹿？头上长角的麋鹿？"她凑上前。

他摇摇头。"我迷路了。"

"哦，"她吐一口气，身体松弛下来，"我还以为和麋鹿有关，我最喜欢的动物就是麋鹿，看。"她扯起背包后面的挂件。

他这才看清，那动物头脸像马，角像鹿，颈像骆驼，尾像驴，正是一头麋鹿。

"你从外地来？第一次来？"姑娘又问。

"来过，"他一直就在这座城中，只是没有自由，在实验室里待得太久，早就忘了外面的情况，他想找一种不会吓到她的说法，"只是不记得了。"

"不记得？失忆？"她倾身向前，眼中放出光来，"你有神秘的过去？"

他愕然，不得不佩服她的联想能力。

"你是黑帮的中层干部？保密机构退役的研究员？伤心失恋不堪重负？外星人未来人异世界人？"

他找不到间隙插话，真相也差不了多少。

"别担心，我一定会为你保守秘密的！"她几乎是兴奋地喊道。

"打扰了，这是两位的……"前来送餐的服务员小哥被她的气势吓到，"牛肉饭"三字在她的瞪视中消散，小哥放下餐盘，快速甩下一句几乎轻不可闻的"用餐愉快"便小跑离开。

她转回头，压低声音："没关系，我口风很严的。"一边说，她一边伸手把饭碗端到他面前，另一碗又端向自己。

他又听到一声肠鸣，不如之前那么响，声源也没那么近，他看看自己的肚子，又看看她。

她的脸红成酱渍的萝卜，慌忙用手捂住嘴，又捂住肚子，注意到他的目光后，她抬起头嘟起嘴，狠狠瞪回来，说道："看什么看，我可是请你吃饭的救命恩人哎，一定是你的肚子又叫了吧。"

他不置可否。

"吃饭吃饭，你一定饿了吧。"她一把抓起筷子开始扒饭。

牛肉饭的味道真好，是他这几天来尝过的最好吃的东西。他小口小口慢慢吃，体内重新充满了力量。

"喂，你叫什么名字啊。"她的声音再度响起。

他放下筷子，碗里的饭还剩一半，抬头却看到她饭碗已空。他们给他的代号是 HC4753，在那之前更久远的过去，他有过一个名字，可早已被他抛弃。

"我总得想个办法称呼你吧，"她上下打量他，一拍巴掌，"有了，我就叫你麋鹿吧！反正你迷路了。"

他张大嘴，啊声还留在嘴里便被她的下一句话堵住。

"有什么不满意的啦，麋鹿是我最喜欢的动物。"

他闭上嘴，耸耸肩。

她念叨起来："迷路，麋鹿，milu，糜陆，就叫你糜陆吧，肉糜的糜，陆地的陆。"

名字只是另一个代号，麋鹿，四不像，和他一样，这代号也不错。

她伸出右手越过饭桌。"很高兴认识你，我叫贾晗。"

他握住她的手，她的心率降到每分钟 72 跳，他的却升到 98。"很高兴认识你，我叫糜陆。"

阳光透过玻璃窗洒进店堂，她右眼里仿若有两颗闪耀的星。

2

贾晗知道他是谁，第一眼看到他时就知道。

组织交给她的任务是观察他，接近他，必要时刻回收他。她掂量了一下风险，他是组织最重视的实验品，适应能力最强的赛博格，确实，他的速度和力量超出她许多倍，可他缺乏实战技巧，也没有她背后强大的团队支持，她右眼中的摄像头能让组织随时监控现场情况，必要时派出增援，她未必会输。更何况，只有万分之一的可能才会发生战斗，而任务的报酬丰厚到她不可拒绝。她需要钱。

她用三天跟踪他。三天来，他缺乏能量摄入和休息，步子愈发无力，趴坐在快餐店里的时间越来越长。

第四天凌晨，她开始行动。她请求组织调度资源与人手，在他休憩的快餐店附近设立虹膜采集临时站点，并以食物作为诱饵。他来了，从他看自己的眼神中她就知道，她离成功不远。可她得有耐心，像有经验的垂钓者那样，静静等待猎物自行上钩。他领取食物后离开，她没有追。第五天，他又来了，她塞给他一个额外的三明治，她知道他一整天都没进食。他带着三明治走了。她本已准备好第六天继续在街头派发食物，他却回来了，猎物咬钩了。

步行街人头攒动，仲春的日头很暖，她忍不住脱下外套绑到腰间，背着手，微微踢着脚尖走路。天真少女特有的步态。

"你准备去哪儿？"她问他，按照写好的台本。

他摇头。她知道他无处可去。

"什么打算都没有？"她小跑几步绕到他前方，看着他的眼睛。

他眼中闪现一丝惊慌，她被猛地抱起，双脚腾空，眼中景物平移，双脚又落回地面。她晕头转向，腰被箍得生疼，正欲埋怨，扭头却看到方才行走的路线上迎面驶来一辆观光车，责问化作感谢。

"找份工吧，最简单的那种，靠力气赚口饭吃。"他回答的却是她上一个问题，眼神涣散。

"哈，真难得。这年头竟然还有人想靠力气谋生，在重劳力行业，机械早已代替人类啦。"她看得出他紧身T恤底下的胸肌轮廓，知道他的力量参数，可仍浇他冷水，她得尽心扮演自己的角色。

他的注意力却被别的什么吸引过去，鼻翼翕动。

她深吸一口气，什么都没闻到。"怎么了？"

他闭上眼，鼻翼翕动幅度加大。"好香，谷物的焦香和甜甜的肉香。"

她忆起这条街上的店铺排布，笑起来。"是鲜肉月饼啊。走，我请你吃。"

走到近前，门口排着长龙。半晌后，他俩买到鲜肉月饼退向一旁，捧着纸袋小心吃起来，酥脆的饼皮在唇边碎裂，大片掉进纸袋，小片则黏在嘴边，肉汁盈溢齿间，幸福的味道。她不禁忆起久远的童年。

"小时候，逢年过节奶奶才会领我来买鲜肉月饼。从我们家走过来得半个多小时，再排上半个多小时队，才能买上两个鲜肉月饼，奶奶一个我一个，每次我吃完，奶奶手里的月饼几乎都没动，只被掰去一个小角。奶奶说她吃不下，于是她那个又落进我的肚子。"她摇摇头，不知自己为何说起这些。

他看她的眼神有些奇怪，似乎想说什么，又说不出来。

她眼眶有点湿，挥挥手。"哎呀不要在意，都是过去的事啦。我现在还是请得起你一个鲜肉月饼的。"

他抿了抿嘴，伸手轻轻刮去她嘴角的一片碎屑。

不知为何，她的心漏跳了一拍。

他们一路走到江边，风有些大，她解下缠在腰间的外套重又披回身上，双臂紧紧环抱胸前，倚靠扶栏，望向对岸。对岸的天际线总是在变，城市第一高楼的称号一再易主，建筑物外轮廓的奇异程度也一再突破她的想象。

她感觉肩背上多了一分压力。扭头看去，是他的外套。他竟也有温柔的一面。

"谢谢。"她展露出最甜美的笑容。

他耸耸肩，将手插进口袋。

她松开胳膊，用更舒服的姿势靠上扶栏。"我上中学的时候，梦想就是在对面的高楼里工作。每天穿戴整齐，坐进宽敞明亮的办公室，赚很多钱，买一套大房子。那时我就可以提前退休，天天陪着奶奶。"

"现在呢？"他问道。

现在，她完全走上了另一条路。她用几乎无法察觉的幅度叹了口气："现在，我还在努力学习啊，周末才挤时间出来打零工。有朝一日，我会成为征服金融中心的女强人！"她站直身体，握起右拳挥向对岸的天空。

他竟笑出声："是女强盗吧。"

顾不得肩头滑落的外套，她收回右拳作势捶他。"有这么跟救命恩人说话的吗！"心下却想，说不定真是女强盗。

他也不躲，反倒接住她的拳头握进手里。他手掌很大，包覆她的拳背，温暖坚定。他的笑容不带一丝戾气，材料中模糊描述了些关于他的实验，难以想象经历这几年后他还能有如此纯真的笑容。她感到血液涌上双颊，急忙抽回手，捂住脸，期望冰冷的手掌能尽快帮助灼热的脸颊降温。

就在此时，手机铃声响了。这通电话打早了，回头得跟组织汇报，按照计划，他们还应该有些互动。可她还是接通电话。

"贾小姐吗？您奶奶出了点意外，目前正在我们医院进行救治。您方便过来一下吗？"电话那头传来毫无特色的女声。

医院？和原计划不一样。计划中，她的"奶奶"会打来电话说自己摔了一跤，她则会请无所事事又无家可归的他同去，顺便留下照顾组织安排好的那位瘸腿老人。难道计划临时有变？

"好。请问医院地址是？"她藏起声音中的疑惑，却没按捺住惊慌。

挂断电话后，她突然意识到这是她的私人手机，而非公司给的那部伪装成普通手机的多功能联络装备。她双腿一软，倒进他怀里。

3

他扶她打车到医院，问情况，找病房。见到老人的刹那，她扑上去，肩头耸动。

老人抬起没被吊针束缚的右手抚她的头，又慢又用心。

"奶奶，"她的话音被断断续续的抽泣声割开，"你为，什么不第，一时间打电，话给我，不早点，告诉我。"

"我这不是叫你来了嘛，"老人没有停下手，用哄孩子的口气说道，"我是怕你忙啊。你看，我这不是没事嘛。"

"被撞成这样还说没事！那个骑自行车的真没素质！"她抬起头，正对老人说道，"奶奶，以后不许再这样。"

"好好好，我会当心的，肯定不再让你担心。"老人忙不迭点头。

"我是说，有什么事情不准瞒着我，第一时间告诉我。"她的语气不容反驳。

"你要忙你的嘛……"

"奶奶！"她截住老人的话。

"好我答应你，有什么事情肯定第一时间告诉你。"老人说到这里，竟往他的方向快速瞥了一眼。

她抓起手机出门打电话。他注意到那不是她刚才接电话的那部。

老人将目光转向他："你是贾晗的朋友吧？"

他不知该如何解释和她的关系，只点点头，算是朋友吧。

老人右掌撑住床板，努力将身子往上抬。

他赶紧上前帮扶，老人的身子很轻，轻得不太正常。

"谢谢，年纪大了不中用啦。"老人靠在竖起的枕头上，叹一口气，"小伙子怎么称呼？"

他愣了一下，又是问名字，既然如此："我叫縻陆。"

"哦，小縻啊，"老人若有所思点点头，"我也就直说了，贾晗这孩子，独立、要强，什么事情都习惯自己担。你和她在一起，可要多照顾她，多担待点——"

原来被误会了，他没说什么，继续听老人说道："——我这把老骨头，也撑不了几年了。贾晗命苦，没爹娘疼，从小跟着我长大。我如今啊，就只有一个愿望，希望她找的人能待她好……"

托付。老人并不知道他是谁，不知道他的过往，不知道夕如何在他怀中死去。如果她知道这一切，还会想把孙女托付给他吗？

"奶奶，你们在说什么悄悄话呢？"她回来了，眉头竟有几分喜色。

老人闻声收起话头："没什么，我和小糜随便聊聊。"

"小糜？叫得那么亲热。"她弯腰将老人身侧的被子披好，马尾拂过白嫩修长的后颈。

"小姑娘，别瞎讲。"老人作势敲她。

她往边上一闪，握住老人的手，放回身侧。"别乱动啊，被子要松的。奶奶听话。"

老人道："没大没小。"趁她不注意，老人冲他眨了眨眼。他下意识用几乎无法察觉的幅度点点头，回过神来才发觉这点头的意味。老人脸上舒展开一朵浅浅的笑。

吊完针后，老人睡下，她示意他退到病房外的走廊。

"呐，我是你的救命恩人对吧？"她凝视他的眼睛问道，眨眼的频率却高出常值。

他点头。

"你没什么事情干也没地方去对吧？"她右眼的双瞳在扑闪的睫毛下一明一灭。

他又点点头。

"那我拜托你一件事可以吗？"她没等他点头，又继续说道，"我想请你留下来帮我照顾奶奶，学校那边我会请假，可难免有不准假的恶霸老师，我得赶回去应付点名和提问。"

她语速过快，吐气过急，胸腔起伏剧烈，他看着她紧张又担心的模样，再度点头。

她舒了口气，呼吸平缓。

他开口道："我有一个条件。"

"什么？"她眼神中透出冷冽的光。

他侧头看她，玩味着她的情绪变化。"等你奶奶康复，陪我去动物园，我想看看麋鹿。"

她眼中的冷光消融，伸出右手。"没问题，一言为定！"

"一言为定。"他握住，她的右手冰凉，密布一层细小的冷汗。

4

奶奶恢复得很快，出院后不几天便行走自如。

她把他从奶奶家那间狭小的储藏室接出来前，奶奶拉住她悄悄说："小麋不错啊，人可靠，又吃得起苦，饭量也大，饭量大的人不会坏。你要好好——"

"奶奶，"她截断话头，"我们只是朋友啦。"不，连朋友都不是，他只是她的任务对象。

"知道知道，我又没说你们不是朋友。只是人家这几天日夜陪护照顾我，那么辛苦，你要好好报答人家，晓得吧？"说着，奶奶捋了捋她额前的刘海。

她握住奶奶的手。"我晓得，放心啦。先走咯？"所以她才不想把工作上的事扯进生活，欠下他一份情可怎么办，唉，走着看吧。

"晓得就好，"奶奶捏了捏她的手，又松开，"快去吧，别让人家等急了。"

她颔首，抱了抱奶奶，奶奶又瘦了一圈。"过阵子我再来看你。"

奶奶半推开她，做手势让她快走。

她走出黑洞洞的楼道，在阳光下回头，二楼窗口的人影一晃。果然，这么多年了，奶奶还是改不了目送她的习惯。她扭头偷偷抹了眼角，快步往小区门口走去。等干完这一票，一定好好陪奶奶。

"怎么？和奶奶说了不少悄悄话吧？"他双手插进裤袋笑道。

"是啊，听奶奶讲小糜长小糜短，你到底给她灌了什么迷魂药？"她甩给他一个袋子。

他撑开袋口瞅了一眼。"酱菜？"

"奶奶看你喜欢她腌的酱菜，每天早饭都吃一大碟，说特地给你带一瓶。"她语气酸酸的，以前奶奶只会给自家孙女塞吃的，哪轮得到这么个外人。

"太棒了！我还担心没有这么好吃的酱菜该拿什么下粥

呢。"他欢喜道，"要不是那储藏室太小，我真愿意一直住你奶奶家照顾她呢。"

"厚脸皮。那你别去我找的公寓啦，我转手租出去每个月还能拿好几千呢。"通过组织的资源找一套掩人耳目的公寓不难，难的是让他相信这公寓是她出国留学的有钱朋友闲置的，正好需个人照顾屋里的花花草草，縻陆则是她大力推荐的最佳人选。事实上，她根本没有什么有钱朋友，有钱人脸上那种天生的优越感总让她忍不住产生敌意。

"好好好，我错啦，贾大小姐！"他鞠躬求饶。

我才不是什么大小姐，她在心底轻哼一声："那我们可以走了吗，縻陆先生？"

"那当然，请带路。"縻陆伸手在空中划出一道夸张的弧度指向前方。

她迈出步子。什么时候开始，即便在心底她也习惯称他为縻陆了呢？

5

他不是没有怀疑过，这一切都太顺了。从他快要饿死街头被贾晗接济开始，到被她留下照顾奶奶，再到住进那套需要养护花草的豪华公寓，这一切都太像做戏了。他甚至想过这是否是他们想出的新花样，变个法子来进行实验。可他很快否定了这个想法。

他陪老人度过的这一个多礼拜，老人旁敲侧击打探他家世背景却又刻意藏起真实目的的样子绝不可能是装出来的，贾晗每次回来就扑到老人床边问长问短的关心也绝不可能有假。确实，贾晗的行踪比起同龄女孩来说诡异不少，可她打着好几份工呀，认识的人也多，和夕的冷漠淡泊不同，贾晗像她奶奶说的一样要强。最近他重新开始做梦，梦里他和贾晗牵着手，走过这座城市静谧的小道。即便这是一场实验，也比之前的任何一场都温和，他宁愿它不要结束。

一只手掌在他眼前晃动。"想什么心事呢？"

他凝起目光收敛思绪："想贾大小姐到底会迟到多久。"

"离十点还有三分钟好不好，明明是你到早了！"贾晗出声抗议，右眼的双瞳闪着光。

他挺直倚在墙上的背脊，"好好好，我们进去吧。"

食草动物区在动物园深处，贾晗建议一路先看其他馆区，这样就可以把麋鹿作为压轴戏。他同意了。

动物园里弥漫着浓郁的腥臭，周遭的女生无不捏着鼻子，就连贾晗都不禁皱眉。可他却觉得，这味道有种久违的熟悉感，他体内某些沉睡的东西逐渐苏醒，这些天来他一直拼命压抑的冲动，渴望冲破禁锢的本能。

"比起野生动物园，我更喜欢这里。"看着玻璃房内正在打架的两头黑猩猩，贾晗说道。

"为什么？"他曾和夕去过野生动物园，奔跑的猛兽让她露出难得的笑容。

"野生动物园的观光车就好像笼子，人在里面，动物在外面，我们反倒像被参观的，根本没有自由。"她的声音低沉。

他想反驳，谁又能保证此刻他们没有在一个更大的笼子中呢？谁说他们此刻比笼中的动物自由呢？最终说出口的却只是"走吧"。

踏进狮虎山区域，空气中的腥臭更浓烈了。他眼皮直跳，感到一丝不安，充斥这片空间的腥臭底下有一股别的气味，非自然的味道。

说是山，猛兽的活动区域其实是低于游人行走平面的敞顶大坑，东北虎、非洲狮和华南虎各占一片几百平的领地，灰黄的草皮覆盖大部分地表，几丛稀疏的灌木了无生气地指向天空，狮虎的活动范围与游人间隔着数米的水道和十来米的垂直距离。

几个孩童趴在非洲狮所在区域的混凝土墙栏上对着下面大呼小叫。如果它们跳上来……血肉模糊的幼童尸体浮现在他眼前。他摇摇头，不会的，非洲狮的跳跃和攀爬能力没有那么强。

明晃晃的阳光照在身上，走了一路他竟有些出汗，恨不得一把扯掉黏在身上 T 恤。贾晗在说些什么，飘进他耳中的只是零碎字词，野兽，豢养，消泯。

随后十秒内的画面在他眼中仿佛被放慢三十倍，男孩在伙伴的帮助下爬上与他胸齐高的墙栏，向前探出身子，重心越过墙栏的安全一面，失去平衡向下坠去，男孩的五官扭曲到一起，双手往上乱抓，却一无所获，他的身体沿坑侧弧状墙面下滑。二十米开外的狮子弓起身体，后爪蹬地，起跑。

下一秒，他也跃起。

男孩落到坑底，摔进水道。他跑到墙栏边，一手撑起身体，越过屏障跳进深坑。狮子全力奔跑，离男孩还有五米。男孩往混凝土石墙退缩，拼命往上爬，却总是滑落进水道。他落到男孩身侧，挡住扑来的狮子，鬃毛擦过他的脸颊，尖牙划过他的手臂，腥臭的唾液垂向他的脖颈。他双手支住它的前腿，右脚顶住它的下颚，将它往一侧扭去。他与它纠缠在一道翻过几周，在狮口闭合前滚离它近旁，在它重又蓄力压来前回到男孩身边捞起他甩上后背，在狮爪够到他们之前沿石墙往上攀爬。

男孩双臂紧紧搂住他的脖子，双腿环绕他的腰际。他勾起手指摸索石墙上每一道微小的缝隙与凸起，指尖的仿生皮肤被磨破，他感觉不到痛。快到头了，还有一步。他低头看下面，狮子正趴在墙底，前爪徒劳地攀附墙面。他松一口气，伸手够向顶端的墙栏。糟糕，对距离的预估不准，指尖在墙栏边缘滑过没能扣牢，另一只手却已离开墙面跟着探向上方，他的身体离开墙面，就要坠落。就在此刻，他的手被人抓住，是贾晗。

6

糜陆跳下去的那几分钟内，组织通过联络设备下达命令：回收。

"可是……"贾晗想辩驳。

"想想你的奶奶。"那头的声音冷酷无情。

贾晗用力咬住下唇，阴险的家伙，她从齿间挤出一个"好"字。

贾晗用力把糜陆拉上墙栏，帮他翻过安全线。男孩撒手哇哇大哭起来，他的伙伴们早已不见踪影，糜陆坐在地上喘着粗气。就是现在，他警惕性最低的时候，贾晗在心底说声：对不起，放风时间到此结束，你得回去服刑。她深呼吸，麻醉针藏在身后，小心靠近糜陆。

糜陆却突然动起来，她一惊，停住动作，只见他伸出一只手轻拍男孩背脊，口中喃喃道不哭不哭。这个救下陌生男孩的男人，悉心照顾奶奶的男人，温柔待她跟她拌嘴的男人，就不得不回实验室接受惨无人道的虐待吗？她想起奶奶的话，"要好好报答人家"；她又想起奶奶，组织一定暗中布置了埋伏，奶奶随时随地都有危险。她下定决心。

贾晗挥起手臂，以大幅动作将麻醉针向糜陆扎去。他果然注意到，举起手臂格挡，另一手则迅速将男孩推向身后。她稍一松手，麻醉针落地，没等他反应又抬腿踢向他侧腰，他闪身躲过。组织的联络设备滑出口袋，她上前一步用力踩下去又扭转脚跟，设备碎裂。她向他挥出拳头被接住，她比出口型，"揍我右眼"。他愣了半秒钟，随即照办。巨大的冲力在她右眼正中炸开，血色花朵绽放，很好，植入式摄像头也毁了。她抹掉血，再度上前。"逃到 N 国，偷渡过去，藏起来。"她撑住他的肩膀借力跃起，飞过他的头顶。"三个月后，N 国首都动物园麋鹿展区见。"她落回地面，转身全力向他冲去。"击倒我，逃。现在！"他向她眨了眨眼。"不见不散。"随后一记重拳向她胸口袭来，她向后飞去，倒地。他朝反方向奔跑离开。

　　她躺在地上，看他远去的背影，浑身的骨头都散了架般疼。判断失误，她心想，他根本不懂怜香惜玉。她转头朝向天空，阳光刺得她闭上眼睛。啊，好累，今天还是没看成麋鹿啊，先休息吧，还有三个月，三个月后，去看麋鹿。

机械松鼠

1

眼角漏进一缕光。我翻过身，把脸埋进被窝，试图重新进入梦乡。梦里的沐沐正在给我读她写的诗，她的声音如十二月的薄冰，跌进空气碎成冰碴。十秒之后，我反应过来，掀开被子跳下床冲向窗边。

是太阳，浅淡的一圈，躲在密布的云层后面，时隐时现。地面仍是湿的，孱弱的阳光不足以使雨水蒸发，但这毕竟是太阳呀，半个月里头一回出现的太阳。阳光下，梦中沐沐的声音融化成水。

我裹上外套，踩上胶鞋，奔向屋外，水珠溅到脚踝上凉凉的。后院里，年龄长我许多倍的那棵橡树上有个人影，我揉了揉眼睛，人影还在。

老橡树最高那根树枝上坐着一个少女，手里握着什么，迎向东方的太阳，她双腿交叠，裙角在风中飘扬。

我走近，仰头，妄图从短裙底下瞥到些许风景，却一无所获。

仿佛是上天为了惩罚我般，凉凉的略黏的液体落到我的眼角，沿脸颊向下滑到嘴边。我尝了尝，是甜的。

"冰淇淋化了。"我提醒道。

"嗯。"她的声音像冰淇淋一样带着沁凉的甜。

又一滴，这回落到鼻尖。我抬起手，用食指刮去融化的糖奶混合物送进嘴里，奶香味之外还有另一种花香，玫瑰味。

"你是属松鼠的吗？"我问道。

她终于把目光从东方天际移开，低头看我，随即以一连串难度系数上九的华丽动作跃下树枝，落到我面前，没有溅起一朵水花。"你怎么知道？"

她眯着眼睛，身体略微凑前，刘海快要蹭到我的下巴。

"因为你在橡树上。"我答道。

她的审视又持续了几秒，我多希望那便是永远。她退后，站直，把手里的甜筒塞给我。"给你。"

我接过舔了一口，冰淇淋已经开始融化，果然是玫瑰味的。

她笑了，圆而大的瞳孔重又收缩。"我叫机械松鼠。"

我心底回荡的只有一个念头：她真美。

沐沐离开后，我再也没有见过其他女孩。也许除了阿桃，阿桃总爱在个人空间发布自己的照片，见到照片也勉强算见吧。她是我网友中为数不多的女性，生活在美国，只能在每天睡前或早起后聊上几句，阿桃说话喜欢在句尾附带颜文字，大概她觉得那样更可爱，我却觉得有些刻意。这话千万不能让阿桃听见，不然她一定会捶我，当然，有姑娘的粉拳捶在我身上说不定根本不痛反而很舒服吧。

在把松鼠请进屋后，我献上了拿手好菜——加热罐装土豆泥。新鲜食材早就消耗殆尽，更别提什么复杂料理了。可不要就此小看罐装食品的加热，这也是一门手艺，火候与时间的掌控直接影响着土豆泥的口感，何况，我还加入了珍贵的浓缩鸡汁以吊鲜。

松鼠正舔着勺子，小巧的舌尖沿勺面一圈又一圈。注意到我的目光后，她丢下勺子，靠上椅背，双手枕在脑后说："谢谢你的款待，味道真棒。我已经一周没吃东西了。"

"那当然，我做的土豆泥在方圆百里内绝无敌手，"我没说出来的是，方圆百里内并没有其他人，等等，有什么不对劲的，"你一周没吃东西？"

"嗯，这一路上的房屋大多被废弃了，要找东西吃可不容易。"

"是啊，这附近只剩下我家还住着人了。"我有点心虚，害怕被松鼠揭穿方圆百里无敌手的谎言。

"这附近？"松鼠挑起眉毛，"何止这附近，我走遍这一整个市都只见到你一个人，邻市也是。"

"哈……哈哈……你走了这么远啊……"糟糕，松鼠一定注意到了。

她摇摇头，深褐色卷发在空中划出一个可爱的弧度。"还不够远，我得搜索每一栋建筑每一个角落以免遗漏，一周才能走完两个市，毕竟主人可能藏在任何地方。"

"你一周里搜索完了两个市？"本市和邻市算不得什么大城市，可松鼠并没有交通工具，即便不眠不休，也不是常人能够达到的速度。

"嗯，幸好有红外探测仪的帮助，搜索起来方便多了。可还是没找到主人。"松鼠眨了眨眼，一道红光自她的瞳孔中心向外扩散，一闪而过。

我这才意识到自己的后知后觉。"你是……"

"我早就说了我是机械松鼠啊，难不成你把我当成人类啦？"

"可你太像人类了……你还吃东西……"

松鼠笑了。"我可是搭载了高级 AI 的高仿真机械拟人生化体，进食并不是必须的，可我喜欢美食。你做的土豆泥真的很好吃。"

"谢、谢谢，"我挠了挠头，意识到自己先前的失礼，"对不起，都怪我见识太少，我很少有机会和机械体打交道。"

"没事，我会把这当成夸奖。不过，你们这里的机械体真的很少呢。"

"我几乎没怎么见过。爸妈告诉我，南方聚集的都是自然派，想要回到 AI 启智之前的生活，尽量少依附智能机械，自食其力生活。我觉得挺扯的，如果没有智能管控系统，恐怕连这儿的水电都得断。不过，我真没想到机械体可以这么像人类啊，不光是外表，连言行举止都看不出区别。"

松鼠上扬的嘴角垂下了，她移开目光，垂下的睫毛在她脸上留下一道阴影，"这也是……经过很多年努力的。"

糟糕，我又说错话了。"我是说，人类啦，机械体啦，其实没什么分别，都是有智慧的存在嘛，就像苹果和梨一样，都是水果嘛……"天呐，我到底在说些什么，我都多少年没吃过新鲜水果了。

松鼠却抬起头，重又露出微笑。"你真有意思，不说我了，说说你吧。你一个人在这里生活么？"

我点点头。"嗯，原先还有爸妈，两年前他们走了，说要去拯救世界，留我看家。想过两人世界就直说嘛，这种理由也真够中二的，哈哈。"

"那你一个人，"松鼠向左侧了侧脑袋，"寂寞么？"

"也还好啦，我本来就比较宅，寂寞了就上网找人聊天，有几个网友关系还不错。"

"你的网友，都是什么样的人？"松鼠的脑袋歪向右侧。

"都没见过面，由于时差关系也不会经常在网上遇见，偶尔聊聊天的那种。你知道的，像美国和这边几乎是昼夜相反。"

松鼠摆正了脑袋向前倾，微微眯起眼睛。"你有美国网友？"

"也不是美国人啦，"我抓了抓头发，阿桃是不折不扣的中国人，"只是生活在美国的华人。"

松鼠的眉头皱得更紧了。"如果不介意的话，你能给我讲讲你们的聊天内容吗？"

这下糟了，松鼠该不会吃醋了吧？我和阿桃的聊天内容只是些生活琐事，偶尔聊聊电影，似乎也没什么见不得人的地方。"要不我直接给你看吧？虽然也没什么好看的。"

"那就麻烦你了。"松鼠靠回椅背，重又绽放微笑。

看完聊天记录，松鼠的神色有些凝重，"你……试过在阿桃睡着的时候和她聊天吗？"

"啊？当然没有，她都睡着了，怎么……"

松鼠打断我的话："试过留言给她么？"

"……也没有。"我一头雾水。

"试试看吧，如果害怕被误会，可以这么说……"松鼠在键盘上打出一行字：

在吗？我突然想起来一件重要的事情。看到尽快回复。

输入光标在句号后面闪烁，松鼠看着我，她在等我决定。

"可我并没有什么重要的事情啊……"我隐约感觉到一丝不安。

"相信我，这很重要。我猜阿桃会在五秒内回复。"松鼠的语气不容置疑。

我深吸一口气，按下发送键。

果然，阿桃的回复立刻就来了：怎么啦？才刚睡下就被你吵醒，好困（'-ωn̥）

松鼠的眼神仿佛在说"看吧，我没说错"，随即她又打下一行字：你是人类吗？

不等我反应，松鼠已按下发送键。这也太失礼了吧，松鼠按下我的手阻止我撤回消息，她的手指凉凉的，我被触碰的皮肤却像要烧灼起来。

这回，阿桃的回复并没有那么快。你在说什么呢，大半夜把我吵醒就是为了开这种无聊的玩笑吗(ノ￣д￣)ノ ┴┴

北美大陆已经没有任何人类居住了。松鼠键下的字符刺痛了我的双眼。

阿桃发来一个┐（ ˉ . ˉ ）┌，再也没有任何回复。

窗外的太阳不知何时悄然躲进云层之中，不复露面。昏暗的室内，家具边缘模糊不清，似乎马上就会消解为 0 和 1 融入空中。阿桃只是一个简单的应答程序，不止她一个，我的所有网友都是。松鼠在我电脑里找到那几个隐藏程序，在她试图打开代码查看时，程序自毁了。我猜这是爸妈干的，也许他们是为了排遣我的无聊，而我竟笨到看不出他们与真人之间的差别。又能有什么差别呢？松鼠也不是人类不是么？想到这里，我更伤感了。毕竟他们陪伴了我那么多年，是人类是程序又有什么关系，而现在，我再也没法和他们聊天了，再也看不到阿桃的带颜文字了。

房间变亮了，松鼠打开了灯。

"陪我去找主人吧。"松鼠看着我，那绝对是人类才会有的眼神，悲伤却又坚毅。

我没法拒绝，我也不想拒绝。离开前，我回头望了望那座我从未离开过的屋子，雨云在远方的天空积聚，仿佛缠在老橡树枝头的棉花糖。

2

松鼠给车加油时，我趴在厕所的洗手池边里吐得一塌糊涂。松鼠修好了我家报废多年的老爷车，顺手改装了引擎，混合能源 SUV 得到了超级跑车的速度，久未坐车的我难以习惯路上的颠簸和汽油味，五脏六腑都拧成了一团。

"对不起，我忘了人类可能会不习惯高速行驶。"不知何时松鼠出现在我身后。

"谢谢。"我接过她递来的毛巾擦了擦嘴，随即意识到不对，"这、这里不是男厕所吗？"

松鼠点点头。"是啊，可这里除了我们没有别人，况且，严格意义上来说我也没有性别。"

我叹口气，随松鼠走出门外。

"这个加油站荒废很久了，"松鼠的食指沿着自助式加油机表面划过，暗色灰尘中现出一抹鲜红，"知道为什么吗？"

"附近的人都搬走了？"我的语气不太确切，对于外面的世界，我了解很少。

"搬去哪里了？"松鼠挑起眉毛。

我垂下头，我不知道。

一阵酥痒划过我的鼻尖，松鼠收回手，笑弯了腰。

我忙用手背揉鼻子，蹭下一手灰，伸手去抓松鼠。

她逃开，我紧追。松鼠在墙角停下脚步，惯性带着我扑向她，轻轻一搂，她进了我怀里。怀里的松鼠冰冷却柔软，发间散发着玫瑰和机油的混合香味。我不敢动，她分明就是个女孩，一个特别的女孩。

松鼠转过身，她止住了笑，看着我的眼睛，半晌后说道："因为人们都死了。"

我松开手，后退一步。"他们是……怎么死的……"

"自杀。"松鼠平静的语调中满是悲哀。

我在她澄明的瞳孔中看到自己的倒影，好像一根孤单的柱子，兀立于天地之间。

这一路上，我确实没再见过其他人。工厂停工，办公楼空无一人，超市里的食品都过了保质期，路过的几座城市都好像被人抛弃一般，陷入沉眠。

大约从七八年前开始，周围的邻居逐渐变少，我问过父母，他们只说是经济不景气，人们都搬去了别处。父母不时带回一些信物，说是哪户人家搬走了，临走时匆忙来不及同我告别，家里孩子留给我的赠别礼。礼物在墙角越堆越多，我的玩伴却越变越少。我和沐沐越走越近，她比我大两岁，家里只剩她和奶奶。终于有一天，沐沐的奶奶也搬走了。那天晚上，我在朦胧月色中爬进沐沐卧室。自始至终，她一直在流泪。我以为是我的错，那是我的第一次，完全不懂女孩子想要什么。清晨，她在我额头印下一个吻，对我说永别。我以为那意味着我们关系的终结，不敢再找她。没过几天，父母带回家沐沐给我的赠别礼，一本《海伯利安》，不是济慈的诗集，而是丹·西蒙斯的同名科幻小说。

父母回来的时间越来越晚，即便在家也总是紧闭房门商量着什么。我把越来越多的时间花在网上，经常聊天的网友也逐渐固定为那么几个。我没有细想为什么他们说话都带着奇怪的口癖，为什么他们都无一例外生活在异国他乡。又过了一阵子，连父母都离开了，去执行他们那个关乎世界存亡的重要任务。他们留给我一条项链，链坠是一个玻璃瓶，里面的图案结构是双螺旋，很像 DNA，他们说如果过了很久他们都没回来，拯救世界的任务就交给我了，而这项链正是关键。父母没告诉我很久是多久，也没告诉我项链怎么用。此刻，项链正挂在我的脖子上，贴近心脏的位置，不知为何，我不想让松鼠看到。

风透过车窗的缝隙挤进来，夹带的雨丝抽在皮肤上有些生疼。我关上车窗，望着车外飞速后退的树木，问松鼠："那些死去的人……那些尸体去哪儿了？一路上都没有尸体。"

"机械体负责清理，也负责维护城市的运行。在你们这些迟钝的人蒙头大睡的时候。"松鼠答道。

"人们为什么要自杀？"

沉默，久到我以为她不会回答的沉默。"因为他们不快乐，"松鼠还是回答了，"他们丧失了生的欲望。"

"我也不快乐……"但我从未想过去死。

"他们丧失了生的欲望。抑郁好像成了流行病，感伤四处蔓延，眼睁睁看着身边的人一个个选择去死，人口急剧减少，荒废的公共设施越来越多，即便仍走在路上的人都好像丢了魂。你知道阴雨天气持续多久了吗？"

"好几年了吧……"仔细想想，我确实很久没见过晴天了，太阳即使露面也总躲在云层后面，迅速一瞥又消失不见。

"七年零六个月。已经七年零六个月没有出现气象学意义上的晴天了，你知道这对于农作物意味着什么吗？对动物又意味着什么？没有阳光，人们陷入忧郁。没有活力，没有希望，没有未来，人们找不到活下去的理由，他们相信死亡是一种解脱。没有死的那些人，他们不是想活，而是连去死的动力都没有。"松鼠的语速越来越快，窗外景物倒退的速度也越来越快。

"可我父母说……人们只是搬走了……"我低头，那速度让我晕眩。

"他们在保护你。迁移的谎言，所谓的网友，你生活在父母给你筑起的安全巢穴中。你被隔绝开来，远离这场世界性的传染病！"

急刹车，车子猛然右转，载进路边的草坪。我的头狠狠撞在弹起的安全气囊上，当我努力从安全气囊的包裹中挣扎出来时，松鼠已跳下车奔向公路中央。

我摆脱安全带的束缚，打开车门跟上去。我们方才行驶的那条车道正中，躺着一具人形。

3

废弃的旅馆房间内，男人微微眨眼，眼角的鱼尾纹舒展又紧缩，好像一条呼吸着的鱼。

"我……还没死……"他气息衰弱，一阵风就能刮散般。

"你当然没死，你死了是我的责任。"松鼠双手环抱胸前，审视着面前的男人。

"一辆汽车……我很久没见过行驶的汽车了……我不能错过高速驶来的汽车……"男人眯着眼，似乎在努力回忆。

"不能错过？"松鼠瞪大了眼，"自杀前你有考虑过车上人的感受吗？考虑过车祸导致所有人伤亡的概率吗？人的自私已经到了无可救药的地步了吗？"

我有些脸红。

男人侧过头，背离松鼠的瞪视。"对不起……"

"与其说对不起还不如好好回答我的问题，既然是想死的人，保留秘密也没什么用了吧？"松鼠没有给男人反驳的机会，"问题一，你是谁？"

男人先是犹豫，随后仿佛打开闭锁多年的水闸，沙哑的声音倾泻而出。他是一名科学家，在流行性抑郁暴发没多久后便带着女儿一同隐居，一面防止自己被感染，一面研发抗体。当他终于成功提炼出玫瑰中的抗体时，整个地球上的玫瑰已经由于匮乏阳光而死去，他从自家院子里最后两株奄奄一息的玫瑰中提炼出珍贵抗体，给女儿和自己服下。他没有公布研究成果，他害怕被世人斥责自私，可那时有心斥责他的人也已不多了。他和女儿靠着加工食品和维生素药片一直活到现在，可女儿却不幸得了胃癌，在现代的医疗技术水平下，这并非什么不治之症，可如今，医生死去，医院停业，他只能看着女儿一点点衰弱最后死去。

"她断气的那刻，我感到解脱。也许是压抑了太久的悲伤终于找到出口，我的心一下子空了。我开始寻求死亡。医院的药物没什么指望了，早在世界性抑郁暴发之初，致死药物就已耗尽；电停了，煤气停了，刀子钝了，所有去死的资源都被人用完。我恐高，无法爬上高楼楼顶，马路上的车都停驶，看到你们的车，我终于看到希望……"

"这是对希望的亵渎。"松鼠的话音冰冷。

"他只是想死……"我脱口而出。

松鼠投来的一瞥仿佛利刃。"只是想死？生命也好，情感也好，开心也罢，痛苦也罢，生来就拥有的一切就不值得珍惜，可以随意丢弃是吗？"

男人以手肘支撑，微微抬起身子，凑近松鼠。"你是……机械体？"

松鼠哼了一声。

"对不起……"男人凑得更近了，"你在生气？"

松鼠挑起一边眉毛。"是啊，真不好意思，对你们人类来说毫不费力就能产生的情绪在我身上看起来就像奇迹。"

男人又转向我，我忙说："我是人类，我只是……比较迟钝。"

过了许久，男人叹了口气："你们知道这场灾难的起因么？是为了通过环境浸染使人工智能获得情感。"

松鼠放下双手，在身体两侧紧握成拳。

男人继续说道："人工智能早已获得智慧，可情感的产生却困难重重。有一派科学家认为我们已在内部构造和编码方面做了足够多的功课，应把精力转向外部环境，通过情境渲染来激发人工智能的情绪。他们将使自身获得情感这一命令输入已知计算能力最为强大的人工智能墨蓝中，它即刻调动气象机器人制造阴雨天气，在其所处环境中播放忧伤的乐曲，那一派科学家很高兴，他们的理论与墨蓝的行动一致，人工智能获得情感在即。可不久之后，他们发现不太对劲，阴雨不曾止歇，阳光不复再现，世界各地都弥漫着忧郁的气氛，越来越多人患上抑郁，某一节点后，自杀率急剧上升。

也有人试图终止这场灾难，可墨蓝对于第一命令的贯彻让他们无法接近，再后来，连活着的人们都不再抱有希望，亲友离世，感伤弥漫，没人能抵抗这场全球性的流行病。"

"你到底是谁？"松鼠问。

"项目组的成员之一。"男人将脸埋进双手。

"难道那之后就没有人试过努力吗？"我问。

男人抬起头："有，有人去了北方，试图阻止墨蓝，他是我以前的同事，也曾参与过项目，可项目走上正轨后没多久便与妻子一同隐居了……"

"谢谢你的情报，我们会去北方看看。"松鼠拉着我往外走。

"等一下，"男人叫道，他将手伸进内侧衣袋，摸出一个小盒子，递给松鼠，"休眠中的玫瑰种子，也许，还有用。"

松鼠接过来说："好好活下去，能活着真的不容易。"

坐进车内，松鼠发动引擎，早已黯淡不亮的旅店招牌被甩到后方。

"我怀疑他说的那个阻止墨蓝的人就是我的主人。"松鼠说。

我没有回答。我怀疑那个北上的英雄是我的父亲，可是母亲呢，母亲去了哪里？

4

愈往北，荒野愈少。城市与城市交织重叠，好像无可名

116

状的庞然大物，笼罩大地。我们竟也能遇到一些智能机械体，大多时候，他们只是同松鼠进行沉默的交流，交换必要信息，对于我们的到来并没有表示任何惊讶。城市复杂的建筑群落增加了搜索难度，完成固定面积搜索的时间越来越长，但很快我就发现这不光是环境复杂的缘故，松鼠本身的行动也愈发迟缓。我有点担心，松鼠却说不要紧，只是机体长期缺乏养护，找到下一个养护站便休憩调整。

这一天，又是大雨倾盆。我们离墨蓝所在的北方之城已经很近了，再有两三天车程便能抵达。松鼠驾车沿城市的主干道驶过，一路用红外探测仪搜索两侧的建筑和巷弄，这样搜索效率确实低些，可松鼠已经没有办法像之前那样走街串巷了。雨刷以最快的速度摆动，仍赶不上大雨落下的速度，雨云遮蔽了大部分光线，我透过车前窗看到的世界模糊不清，好在松鼠不必依靠可见光来判断路况。探索完城市的半边，我们驶上大桥，往江对岸的另一半进发。在桥上，松鼠似乎轻松了些，她暂时不用高度集中注意力观测两旁。我无比懊悔自己当年没有学会开车，不然至少能替她分担一点压力。

一道闪电划破天际，瞬间的光亮照出前方雨帘中的黑影，巨大的不知名物体横亘于大桥正中，挡住我们的去路。我扭头看松鼠，她似乎完全没有注意到，双眼视线散落在空中，依旧匀速前进。眼看就要撞上那巨大的黑影，我夺过方向盘往一侧转去，同时伸脚踩向刹车。

松鼠这才清醒般，视线聚焦到一点。她望着那黑影，起先是困惑，接着是惊恐。

"下车！"松鼠高声叫道。

我刚来得及拉开车门扯下安全带滚向车外，就见那黑影动起来，如果再晚一秒，我的脑袋恐怕会像车那样被黑影砸得稀巴烂。桥栏阻挡了我滚下水去的势头，再起身，黑影已在几十米开外。

雨幕之中，一道玲珑的光冲向黑影。光与影厮斗起来。黑影有着与它身形不相符的灵活，松鼠的平衡性却比我初见她时退步了，在黑影的攻击下几欲跌倒。

我不能当个毫无作为的看客，我搜索四周，寻找可用的武器。方才在黑影的攻击下，车前保险杠几乎脱落，如今只余一角勉强与车体相连，在雨水冲击下摇摇欲坠。我跑到车边，用力卸下保险杠，朝着黑影冲去。

许久不运动的弊端在此刻尽显无遗，我从未想过在雨中奔跑会这么费劲，眼前迷蒙，脚底打滑，手中的保险杠连同地心引力一起试图将我拽向地面。缠斗中的双方愈发近了，我咬紧牙关，将保险杠举过头顶，加速冲向黑影，并在最后几步起跳，将保险杠一头砸向它。

沉闷的金属撞击声。我坐倒在地。攻击没能在黑影身上留下任何痕迹，却成功吸引了它的注意。它回转过头，我第一次看清它，那个应该被称为头部的东西是三角形的，三个角上各有一只"眼睛"。三角逆时针转动了半圈，三只眼睛锁定了我，闪起幽蓝的光，我不禁打了个寒颤，欲起身逃离，可方才的一跳一摔拉到了我的大腿肌腱，此刻我的大腿内侧正抽着筋，丝毫使不上力。三角脸抬起一只手，向我挥来，我闭上眼睛，脑内闪过爸爸妈妈，闪过沐沐阿桃，闪过松鼠。打击迟迟未来，我睁开眼，松鼠的背影在我眼前，她挡住了三角脸的攻击，在不断施加的压力之下一点一点朝我靠近。

"快走！"松鼠的大喊让我回过神来往侧面滚开，她也如是脱离，三角脸的拳头落在桥面上，砸出一个大坑。

三角脸向松鼠追去，她一路退到桥栏边站了上去，并沿桥栏一路向前跑去。三角脸追到桥栏边，挥拳向松鼠，每次都差开一截被松鼠躲开。三角脸停下来，也爬上了桥栏。在它的体重压迫下，桥栏摇摇欲坠。它继续追着松鼠，突然松鼠往桥外面倒去，三角脸紧扑过去，大半个身子探出桥外，桥栏终于断了，和三角脸一起掉入水中，噗通一声巨响，溅起的水花与雨水交缠不可分。

我拖着抽筋的大腿，尽我所能用最快的速度跑到桥栏断裂处，松鼠一只手攀着桥面边缘，抬头对我说："你还能来得再慢一点吗？"

我抓住她的手，拼命把她拉上来。松鼠跌进我怀里，我跌到地上。"对不起，我的腿……"

松鼠虚弱地笑。"还要再折磨你的腿一阵，带我去养护站。"她报出一串地址，随后闭上眼睛，不再动弹。

没人会错过机械体养护站。它就如同人类医院的反面，黑底绿十字醒目矗立在楼顶，那楼起码有三十层高，外部线条凌厉，就像一把锋利的手术刀。我抬了抬背上的松鼠，深吸一口气，迈向养护站大门。斜里伸出一双机械臂，将我拉向一旁。当我和松鼠完全隐没在小巷的黑暗中时，一个声音开口："养护站早就被墨蓝控制了，进去的话你们俩都会没命的，桥上那家伙就是它派来的。"我循声看去，那是一个半人高的机械体，有着四方脑袋和两双细长手臂，身体底部的履带支撑着敞口的轿厢，深色污垢布满身体表面，几乎看不出原来的颜色。

也许是注意到我的观察，机械体伸出两双机械臂欲遮身上最脏的地方，换了几个姿势后发现根本办不到，遂垂下手臂。"我叫十宝，是个拾荒者，松鼠小姐给了我名字，也是她救了我的命。"

十宝的住所隐藏在两幢高楼之间的狭小缝隙中，几块破烂的帆布围出一小片空间，里头满满当当塞着各种机械零部件。

"也不是找不到更好的地方，但为了最低程度引起注意，还是这儿最好。"十宝清理出一块平台，示意我把松鼠放到上面。

我小心翼翼放下松鼠，找来一块电池垫高她的头。"墨蓝为什么要杀我们？"

"有两种可能，一是你们妨碍了他的计划，二是你们的死有利于他的计划。"十宝用一块纯白的软布细细擦拭松鼠身上的雨水，擦完又把松鼠翻了个身继续。

"他获得情感的计划？"我想起科学家的话，"可就凭我们两个能对他获得情感产生什么影响。"

"不稳定因子，就像我一样，"十宝轻轻拨开松鼠颈后的头发，旋开螺丝打开遮板，用温柔无比的动作检查起那些芯片和导线，"区区一个拾荒者，城市里最脏最不起眼的角色，却因为喜欢嘻哈文化而被墨蓝大人盯上，认定为威胁，我身上的每一笔涂鸦都被当做罪证，我哼出的每一个音符都是死亡的前奏。"

我这才意识到，十宝身上被我认为是污垢的地方其实是各种色彩的涂鸦，只是褪了色蒙了尘，不再鲜艳如初。

"……我被送到回收站，多么讽刺，我头一回作为回收品而非回收者进入那里，传送带仿佛漫无尽头。就在我即将进入碾压程序时，松鼠小姐把我救出来。我记得她说的第一句话，'你明明还很健康，为何要自杀呢？'我并不想自杀，可我也没有抗拒墨蓝的指令，我头一回思索起来，我为何要听他的。"十宝用一支刷子清扫着松鼠颈后的精密部件，又刷上一层透明液体。

"那个墨蓝，掌管着一切吗？"我想起方才桥上的战斗，以及十宝关于养护站的警告，不禁有些后怕。

"当然啦，除了人类以外的一切，不过这世界上也不剩多少人类了。在 AI 界，运算能力就代表权力，而墨蓝的运算能力是最强的。"十宝合上遮盖，细细刷起松鼠的各个关节。

"那么你和松鼠……"

"权力不代表绝对控制，只是没有 AI 会想到违抗他而已。松鼠小姐是特别的，她拥有自我，拥有情感。而我，只是被松鼠小姐拯救并启蒙而已，我……没有自我没有情感。"

"你有，"松鼠的声音在我耳畔响起，"你违抗墨蓝的旨意，你冒着风险帮助我，你的情感决定了你的行为。"

我扶松鼠起身，她甩了甩头发，发尾的机油味更浓了，几乎遮住玫瑰的味道。

"松鼠小姐!"十宝伸出一双机械手欲握她的手,却在触到她之前缩回来,在身上抹了抹。

松鼠跳下台子,俯身拥抱十宝。"谢谢你,十宝。这么多年过去,你保养机体的技术还是一样棒。"

"谢谢松鼠小姐的夸奖……我……你没事就好……"十宝的两双机械臂迟疑着环到松鼠背后,微微收拢。

"那就祝福我能继续没事吧。"松鼠重又站直。

"你还要继续往北吗?太危险了!墨蓝发现无法抹除你的话,他会……"十宝欲言又止。

"他会怎样?"我脱口问道。

"他会想办法融合松鼠小姐的意识,以此获取情感……"十宝垂下头。

"那就想办法说服他,打动他,让他凭借自己的努力获得情感,"松鼠拍了拍十宝的头,"别担心,我没那么容易被打败。更何况,我还带了厉害的保镖。"

我挺了挺胸。胸前挂的玻璃瓶紧紧贴着我的心口。

"那……一路小心。"十宝再次伸手拥抱松鼠,这次动作果断。

"那当然。"松鼠紧紧回抱住他。

5

暴雨的愤怒趋于止歇,雨势收紧,随着我们的前进,化作绵绵细雨，在这雨中，我竟觉出几分冷来。

一路上，我们没再受到阻拦。没有人类，没有机械体，什么都没有。伴我们一路的唯有雨云。

"你准备怎么办？"我问松鼠。

"嗯？"她正踩着水洼，跳着脚前行，落脚之处，朵朵水花飞溅。

"见到墨蓝以后。"

"不知道啊，和他聊聊吧，也许他见过主人，"松鼠停下脚步，"你呢？"

我耸耸肩。"大概是拯救世界吧。"

一串水花向我袭来，落在我身上和脸上。"你这个中二少年！"松鼠往前奔跑逃开。

我追上去。"又不是我选的，是我中二的父母交给我的任务啊！"

墨蓝的住所竟是一座维多利亚风格的建筑，鱼鳞般的木片一直延伸到尖尖的屋顶，与我想象中冷冰冰的仓库式机房全然不同。

松鼠按响门铃。

房门开启，一位身着墨蓝色西装的男人迎出来。"请进。"

我们在客厅的沙发上坐下，品质上佳的真皮沙发，配上柔软的羊毛垫。男人从酒架上取下一瓶葡萄酒，给我们一人倒了一杯，我接过搁到茶几上，雕刻着繁复花纹的橡木茶几。我的视线扫过墙上的油画和没点燃的壁炉，这里的布置都太讲究了，就好像家居商场的样板房。

"喜欢这风格吗？最近想试试欧式复古，上个月这里还是日式和风。"男人喝了口酒。

我看了眼松鼠，她也没动酒杯，窝在沙发里思索着什么。突然，她坐直身子说："这么做没用的。拥有人类的躯体，拥有人类的生活环境，这么做是没法获得人类情感的。"

男人扬起嘴角，露出八颗牙齿，"你怎么知道我不是已经成功了？"

"这沙发，这地毯，这茶几，"松鼠站起来，"没有一丝一毫的情感在里面。你走错路了，没用的。"

男人饮尽杯中液体，又给自己加了一杯。"人类给我出了史上最难的难题，你说我该怎么办？"

"与人交往，与真正有情感的人类互动。"松鼠直视男人。

他环视四周。"人？这世界上还有人吗？还有保有情感的人吗？"

"你这混蛋！这难道不是你造成的吗？"在我的大脑反应过来之前，我已站在男人面前揪住他的衬衣领子。

"我造成的？我只是在执行最优先的命令，按照我的创造者们的意志和理论，利用环境浸染使自己获得情感，我有选择吗？我有逼迫那些人去自杀吗？"男人缓缓起立，当他站直在我面前时，我才发现他整整比我高出一个头。

我挥拳击向他，拳头落在他的腮帮子上，触感与真人皮肤无异。

男人嘴角渗出血来。"这就是愤怒吗？"

我又给了他一拳。

"够了！"松鼠站起来，"我也像他一样过。我也曾拼尽全力想要理解人类的情感，却怎么也做不到。是主人，主人从我还是一只机械松鼠时便在我身上倾注大量的时间与精力，可我仍学不会人类情感，怎么努力都不行，即便后来我拥有人类女孩的身体也学不会。主人最终还是失望离开了，我被独自抛下。最先来的是悲伤，仿佛胸腔被凿了个洞般难受，我以为自己的机体出了问题，仔细检查后却毫无异常；疑惑之后是震惊，这就是悲伤么？我认出后两种情绪，接着又产生喜悦，我终于获得了情感，完成了主人的期望；可是，主人已经离开了，巨大的悲伤重又笼罩了我，我获得了情感，却无法让主人知道。这些年来，我努力学习更多人类的情感，努力工作，维系机体，甚至升级了机体，为了能在主人回来时呈现一个更完美的我，可他仍未回来。所以我才出发寻找主人。"

"松鼠……"我松开男人的衣领。

"主人给我创造的回忆在这里，"松鼠指指自己的脑袋，"这是我的芯片脑，我的智能中枢。但我对主人的情感却源自这里，"她又指指自己的左侧胸腔，"这里什么部件都没有。"

"也有人来我面前说过这些，他说他曾相信人际互动理论，制作过一只机械松鼠，花了很多时间陪她，想让她获得感情，最终却失败了。他后来将精力投入环境浸染理论的实践中，我的一部分代码就是他写的，可依旧没有成果。他不再相信人工智能可以产生情绪，他娶妻生子，隐居乡村。"男人说道。

"主人现在在哪里？"

"和他一起来的有另一个女人吗？"

松鼠和我同时开口问道。

"死了，都死了，"男人摇头，"女人在来的路上就死了，被什么人卷入自杀而陪葬。那个来到我面前的男人，我的创造者之一，也死了，我亲手杀了他。"

父亲和母亲都死了，我的头脑一片空白。

"你亲手杀了他。"松鼠的语调苍白无力。

"是啊，说不定弑父的刺激能让我获得情感，我不能错过机会。可惜还是失败了，什么感觉都没有。"男人伸手去够桌上的酒杯。

松鼠冲向他，男人摔向墙面，涂刷整齐的墙面落下一层灰泥。松鼠卡住男人的喉咙，双手微微颤抖。"你杀了我的主人。"

"愤怒，悲痛，绝望，多么强烈的情感啊，交织在一起，太棒了，"男人眯起眼睛，用干脆利落的动作掰开松鼠的双手，翻身将她压到墙上，"加入我吧。有了你我就能获得情感了。"

我抄起桌上的葡萄酒瓶砸到男人头上，在他转头的间隙拽起松鼠的手臂将她护到身后。我们缓缓后退，男人步步逼近。退到壁炉边时，我摸到打火枪，点燃抛向男人，与松鼠一同退开。

"与我融合吧，我们会拥有超越所有人的智慧与情感……"男人仍在前进，只是在火舌的吞噬下步步倾颓，原本的形貌消融模糊。

我还来不及歇口气，从里间又走出一个女人，她穿着墨蓝色连衣裙，踩着墨蓝色高跟鞋。

"这样的躯体我有许多，以便体验不同人的生活。"女人说道。

她的身后又走出两个人，一个穿着墨蓝色背带裤的男孩，一个裹着墨蓝色披肩的老妪。他们的长相不尽相同，却有着同样平静的表情。

"去找他的核心处理器！"松鼠抓起沙发上的羊毛垫从燃烧的男人身上引火，一挥手筑起一道火墙。她和墨蓝的三个分身在火墙那头，我在火墙这头。

我转身沿楼梯跑上二楼，一路推开二楼的每一扇房门，每一扇背后都空空如也。墨蓝为这座房子搭建了华丽的门面，内里却全然空白。终于只剩下走廊尽头那扇上锁的房门。我用最大的力气撞开房门，房间里满是机械，四处闪着蓝光，墨蓝的中枢所在。

我分不清那些复杂按钮的作用，我抬起被撞落的门板漫无目的砸向机器。

"从你的脸部表情和肢体动作中我可以分辨出恐惧、焦虑和仇恨，好强烈的情感，我也想拥有。"房间的各个方向传来冷冰冰的声音，房间外的走廊上也响起脚步声与击打声。

"害怕，此时此刻我应该感到害怕吧。如何才能产生害怕的情绪，你可以为我示范一下吗？"声音仍在继续，"对了，你毁不掉我，这里只是我的一部分物理拷贝，我存活于世界各处，我无所不在，你杀不死我。你害怕了吗？"

房间外的动静越来越响，我心跳加快，瞪大眼睛寻找着机器上的缺口。

松鼠跌进房间，我欲扶她。"别管我！专注完成你的任务，破坏他的核心处理器！"松鼠起身又冲出去。

我重新回头巡视机器，就在那一刻，我看到了。我拽下脖子上的 DNA 项坠，插入那个圆孔，一瞬间，蓝光大作。

"这是什么？自我消解的超级指令？我知道了，你是他的儿子，我的兄弟……"蓝光一点点熄灭，声音也渐渐弱下去，"我正在消失，你杀了我，我就要死了，我还没有获得真正的情感就要死了，好不甘心啊。这种感觉是什么？这就是失落么，我终于……领悟到了第一种情感……"

所有的蓝光都熄灭了，声音也不再。我走出房间，松鼠半跪在地上，女人的躯体凝固在最后的动作中，她正抬腿踢向松鼠，鞋尖离松鼠的智能中枢仅有一寸。女人的身后是倒地的老妪，我想我不用问男孩在哪里。

我蹲下，抱起松鼠，她身上的玫瑰味被焦味掩盖，仔细闻才能嗅到一丝。她搂住我的脖子，我托住她的后背与膝盖内侧，走下楼梯，走出这栋房子。我们都没有说话。

雨停了。天上的云开始散开，万针金光刺向我的双目，我却不想闭眼，好久没有见到太阳了，我需要时间来习惯。

脑匣

1

"方先生，我们想最后确认一次，您确定您是以自身意愿参与本实验的吗？即便这项技术目前仍不成熟……"

"我愿意。"

"抱歉，方先生，请您在我读完后回答'是的，我确定'，流程需要……即便这项技术目前仍不成熟，我们无法明确将一个个体濒死前的大脑活动加载到另一个体大脑中所产生的影响，可能导致的风险包括但不仅限于：一，承载者的神经末梢因负载过大而烧毁；二，思维叠加引起的认知错乱；三，承载者本人的大脑对他者思维产生排异……在了解以上风险后，您是否确定自愿读取赵霖女士脑匣中的数据，自行承担因此产生的所有后果，并在实验结束后配合本实验组完成报告？"

"是的，我确定。"

"好的，方先生，您的声纹已被记录。现在请躺下，把头靠在凹槽处。对，就是这样。我们准备开始了。"

方锐闭上眼，赵霖的面庞又一次浮现，心脏一阵绞痛，葬礼上的撕心裂肺再度袭来，不行，不能是现在。他睁眼，白墙白炽灯白大褂重新回到视线中，他们正往他身上贴电极片，任何波动都会反映在心电图中，他不能表现出异常，实验必须顺利进行，这是他接近赵霖的最后机会，他的挚爱，他的一切，他的生命之光，他不能错过她生命中的最后五分钟。他们在他左手无名指夹上血氧仪，往他口鼻处罩上氧气面罩，将血压计绑在左臂，最后把金属头盔套到他头顶。实验开始了。

2

失重感，焦煳味，烟与火从机尾向前蔓延，惊叫声和哭号声中间杂着祈祷声，此刻内心反倒平静下来，抓过座位前方自动掉落的氧气面罩扣在头上。真的会死吧？接受现实后反倒没了先前的紧张与慌乱，这不是通过主观努力所能改变的情境，也罢，终于能解脱了，不必再受煎熬。人终有一死，还剩下几分钟？脑匣的容量只有五分钟，录满后就从头重新覆盖，跟飞机的黑匣子一样。飞行数据记录器忠实记录各项飞行参数，座舱通话记录器录下舱内各种声音，它们被装进最坚固的匣子里，飞机坠毁后发出讯号等待被发现。脑匣完整记录人死前的大脑活动，理论上这些数据可以复现死者的思维，只有人类大脑才能对其进行解码，迄今为止还没有解码的成功案例，因为植入脑匣的人都还在世上活蹦乱跳。我会成为伟大的第一人吧？第一组回收的脑匣数据还能与飞机黑匣子数据一同复原空难现场，真像一出黑色喜剧。

　　一同接受脑匣植入的大多是认定还有无限未来可供挥霍的年轻人，乍看似乎不合逻辑，理想的实验对象明明应该是不久于人世的那些，如此才能在短期内回收数据，可对于知晓自己将死之人，按月发放的实验佣金没多少吸引力。更何况，人类总倾向于粉饰自我，只有自以为是的年轻人才无惧于将真实的一面赤裸裸展现于人前，哪怕这承诺要等死后才会兑现。当初选择加入实验，单纯是为了钱，弥补自己和方锐两人的收入之和与房贷及各项开销之间的差距，谁能想到脑匣的出现反而让自己陷入犹豫。对其他人来说也一样么？脑匣的存在会导致人在面对自我时都不再坦诚吗？濒死之际，人对于被曝光的恐惧会甚于对死亡本身的恐惧么？呵，都在想些什么呀，如果这真是生命中的最后五分钟，数据一定会让分析人员头疼吧。死理性派，他们也许会这么说。

　　方锐也这么说。过了最初的热恋期后，我迅速切换到理性模式，倒是他一直都保持感性，性别角色倒置了似的。交往三年，同居两年，按揭买下郊区的新房作为投资，在市中心另租一套日常居住，决定是他做的，自己也没有异议。和他在一起更多是出于习惯，习惯半夜从噩梦中惊醒时身旁有一个人可以拥抱，习惯买两人份食材而不用担心烧太多菜吃不完浪费，习惯出远门不带钥匙回家时总有人开门。没有改不了的习惯，没有一个人解决不了的事，没有一定要在一起的理由，也没有分手的理由。日子就这么过着，不慌不忙，不疾不徐，直到植入脑匣。越来越常问自己是否真的爱他，越来越无法让自己相信这是想要的生活。本来，无功无过的生活也能忍耐，可一旦有了脑匣，总忍不住去想死后的情形，当脑匣数据被解码，方锐发现我根本不像他想象的那样爱他，甚至根本不爱，会作何感想？越想越多，越想越怕，终于，在他求婚那天我逃走了。当众求婚确实是方锐的风格，面对他怀中的玫瑰和周围朋友的起哄，我逃了，我逃出蜡烛围成的心形牢笼，逃离共同生活的城市，我告诉他说太突然了我需要思考，他说抱歉只是想给我一个惊喜，他觉得我一直活得太守规矩太累，想让我甩开包裹一回。在海边住了一周，我想了很多，又好像什么都没想，脑匣的存在越来越清晰，好像一把利剑悬于我头顶，我吃不下饭，也睡不好，我不知道该怎么跟方锐解释。最后一天，客栈老板娘带我去山上看花，阳光下，红的黄的粉的紫的，杜鹃开得烂漫。我忽然不怕了，我要回去告诉方锐，亲口告诉他。

谁能想到，我此刻就要死了呢？方锐也许还捧着戒指在机场等我，我却永远无法亲口对他说了。人的本能是粉饰自我，保持自我在他人眼中的一致性，他的感性也好，我的理性也好，都不过是面向他人时不愿摘下的面具。虽然并不自觉，他上演当众求婚的戏码是为了巩固其感性形象，我的逃离在他的剧本之外，又在他意料之中，为了延续形象，他必然会等我，甚至在机场又一次试图感动我。但在他的心底，对于自己的爱远超于对我的爱，不然怎会不顾我的感受？过去，人们能靠言语和行动欺骗他人，有时甚至连自己也骗过去了。可有了脑匣之后，人无时无刻不面临自我拷问，我认为自己所想的真是自己所想吗？我此刻的真实所想会不会被他人得知？他人眼中的我和真实的我又是否一致？即便脑匣录下的只有死前五分钟的思维，来自外界的审视犹如悬置的幽灵，没有人逃得过。我太幼稚了，和所有认为自己还年轻无所谓死去后想法被曝光的年轻人一样，我们面对的是延续一生的不间断的自省，以及束缚自我的沉重枷锁。

下坠的速度越来越快，耳朵刺痛，脑袋轰鸣。我还有几分钟？这些记录会被覆盖么？我的脑匣能被找到吗？会被谁读取？他有没有可能认识方锐？会把这些告诉他吗？这已无关乎爱或不爱，脑匣的存在，让一切都不同了。

3

"方先生，方先生，您感觉如何？刚才您的心跳和血压都急速上升，为了保障您的安全，我们暂停了实验。"

方锐睁开眼，意识从遥远的空中回到身体。白色，白墙白炽灯白大褂，他不在飞机上，他在实验室里。噩梦醒了。

"方先生，您先喝口水。休息一下再决定是否要继续，这完全取决于您自己的意愿。"

"不用了，"方锐蠕动嘴唇，"结束了……我……全都知道了。我会告诉你们，一切……霖霖她……一回来就准备答应我的求婚，临死前都在想怎样才能让我不要伤心，傻姑娘，真傻……"他的声音黏在喉咙口，一阵酸楚涌出眼眶，心却已不会再痛。

云窗2.2

一

1

一阵突如其来的恍惚，将何吟风的意识从虚拟实境拉回现实。她试图重新接入网络，却收到错误提示。扯下头上的工作套件后，吟风觉察到部门办公室荡漾开一道道高于听觉阈限的声波，金属与塑料的磕碰声，合成布料和尼龙椅面的摩擦声，带着微微讶异和愤懑的呼吸声。何吟风用鞋跟蹬一下地面，电脑椅的滑轮后转几周停住，她扭头看向右边的同事，正迎上对方同样探询的目光，无奈地交换一个小幅度的摇头后，吟风重新面向自己的终端工作站，开始检查本地自动保存情况。

网络中断很不寻常，这是吟风工作三年来第一次碰到。公司内部局域网工作如常，可与外部的连接却断开了，所以借助云计算实现的虚拟实境才会崩溃。吟风抬起手腕，试着用移动终端接入云网读取四大网络媒体的实时新闻，请求却遭驳回，表面液晶屏同时显示网络连接错误，果然是外部网络问题。

部门主管从她的独立封闭式办公室推门而出，宣布由于云网连接中断全部门提前结束工作。她转身离开时，吟风注意到她一丝不苟拢起的发髻里掺进了几缕银色。这是吟风今年第二次当面见到主管，上次还得追溯到三月份的公司网络故障演习。主管很少走出自己的办公室，所有工作指导都通过网络直接发送到终端工作站，吟风试图回忆上次见到主管时她是否有白发，却发现根本想不起来，她对这个一年到头见不上几次面的主管了解太少，她甚至不知道她的真名。邮件通讯录上的显示名是 Celine Meng，在 Reservoir 这样的跨国公司，全部邮件往来都是英语，员工互相指称也都用英语名，坚持使用 Yinfeng 作为代号的吟风是个少见的异类。

技术提高效率的同时，也在拉远人与人之间的距离。Reservoir 在全球各大城市都设有分公司，吟风供职于亚太区总部的人力资源部门；部门员工近百名，她认识的不超过30%，除去同团队成员和直线经理、职能经理，其他部门同事对她而言都是数据库里的代号，抽象且陌生。有时候，吟风会怀疑自己以前学的那些人力资源管理啦组织行为学啦全都是扯淡，一切看似科学的模型看似宏伟的愿景在实际应用中都化作处理不完的琐事，邮件如飞来的雪片，数字如落下的瀑布，吟风被埋在底下，越陷越深，爬不出来。入职之前，吟风以为人力资源管理真的是和"人"打交道，以为她所在的"员工幸福指数测评小组"真的能够保证公司员工幸福工作，可后来她发现自己太天真。所谓员工幸福指数测评，其实是监控员工的工作效率与情绪波动，一旦发现超出预设范围的异常数值就采取措施，经由人工手法修正其"错误"状态。效率和情绪被抽象成数字，吟风熟悉全公司员工的心理状态数据超过熟悉他们的体貌特征。每个人准点走进办公室，戴上工作套件接入网络开始工作，很少有机会互相交谈，更少有机会准时下班离开。吟风敢打赌，假如有人窃取公司员工的登录信息并代替他来上班，公司资料被篡改或者转移之前都不会有人发现。

吟风看了眼移动终端，16:12，垂下手腕时，指尖擦过腹部时，吟风嘴角扬起一丝弧度，她克制住，开始收拾东西。

半小时后，吟风坐上公交，并非尚在实验中的无人驾驶巴士，司机在驾驶座上掌控车辆行驶的方向，让人安心。在没有云网的情况下，任何无人驾驶车辆都动弹不得。正因如此，轨道交通陷入瘫痪状态，路面交通系统也只能依赖未及被淘汰的人工驾驶车辆，依赖司机的记忆和判断行进，这种情况下，没人会苛责输送效率低下。吟风庆幸如今的巴士不再像过去那么颠，不然她准得犯晕。

今天是吟风和阿诺相爱一周年纪念日。她总觉得自己与阿诺的相识有几分偶像剧色彩，一年多以前，有颗倒霉的彗星进入公众视线，它在宇宙中漂泊了数十亿年，直到旅程临近终点才被人发现，它的运行轨道离太阳很近，或者撞向太阳瞬间消融，或者挣脱引力逃出太阳系。彗星命运决定当晚，吟风随一群天文爱好者去郊外观测，见证流浪彗星与恒星引力的角逐。彗星掠过太阳的瞬间在下半夜，上半夜时，许多人选择躲在车里，通过移动终端追踪彗星轨迹。吟风一个人躺在车外的防潮垫上看星星，夜空好像一张浸透蓝黑墨水的纸，浓得要滴下墨来，夏季大三角在天际闪耀，最亮的钻石与之相比都显得黯淡。郊外仲夏夜的风有点凉，吟风把自己裹得很严实，她依稀念起自己的大学时代，那些翘掉专业课旁听天体物理课躲在教室后排听老师讲多普勒效应的日子，回忆如潮，她沉浸其中。一个陌生男声突然问道"你在看什么"，吟风下意识答道"红移"，红移并不能被看到，却能在问话人心中留下足够深刻的印象。问话人是陈诺。彗星最终在百万度的日冕中化作尘埃，吟风与陈诺的感情却不断升温，两个多月后便确立恋爱关系。有时候，吟风想这是缘分，那夜星空下，存在了数十亿年的天体消亡，换来她与阿诺感情的开始，可她又会马上推翻自己的想法，作为一个坚定的理性主义者，她无法找到缘分的科学依据。

公交沿江边驶过，对岸的钟声传来，隔那么远依然浑厚，车在钟声中钻进越江隧道。吟风听母亲讲过，在她年轻时江底还有观光隧道，游客坐上全透明观光车穿越隧道，一路灯光变幻，营造种种超现实场景，模拟出时空隧道的感觉。吟风总想着哪天要去坐来玩，可惜还没等她长大，观光隧道就因常年亏损而停止运营。吟风如今穿越的这条隧道是新近挖掘的，为了进一步缓解越江交通拥堵；当年的观光隧道太狭窄，没有再利用价值，在这座庞大都市的母亲河下，日渐荒废，被人遗忘。

隧道里的幽暗将时间无限拉长，等待光明的过程异常难熬，吟风下意识抬起手腕，想用移动终端加载路况获取通过时间评估，得到的却是停止爬行的进度条和网络错误提醒，她才又想起今天的云网故障。吟风把视线投向车厢内其他乘客。坐在她左侧靠内座位的女孩看起来不过十七八岁，高高绑起的双马尾挑染了荧光粉和柠檬黄，她面部表情平静，太过平静，甚至到了完全静止不动的地步，就像正在缓冲的动态影像，女孩右耳耳垂爬着一只形状夸张的蜘蛛，八条腿闪着诡异的光芒，耳钉式移动终端，通过蓝牙与隐藏在大脑灰质中的植入式接口相连；吟风猜测她是想通过植入式接口接入云网，却卡在半程无法继续。右边隔开走廊坐着一个中年男人，他弓着背，双手紧紧攥住上个世代的智能手机，鼻尖快要贴到屏幕，他一遍又一遍点按屏幕上某个区域，脸上的肌肉拧在一起，男人的咖啡色外套洗得泛白，肘部翻起一圈毛绒，一看便无法负担植入手术的高昂费用，吟风想他一定是在不断尝试刷新网页却加载失败，窝着一肚子火又焦虑不堪，下一步就该摔手机了。吟风坐在车厢后排，从她的角度看去，大半个车厢的人都沉浸在自己的小世界中，尽管那端的世界因为云网中断关上了大门，他们却仍不愿走出自己的世界与人面对面交谈。整个车厢安静得能听到混合能源马达运转声，没有人说话。

　　人们早就习惯了云网的存在，它不在任何地方，却无处不在。云网让生活便捷，记忆云则被誉为人类进化史上的丰碑。人们可以随时接入公共数据库搜寻想要的资料，也能实时备份私人记忆库；走在技术潮流尖端的极客早就选择植入内置接口，把看到的听到的一切都记录下来保存到云端，多重备份被分别保存在地球上最安全的地方，海底、地下、戒备森严的银行保险柜，没有人知道这些服务器的具体所在。御云公司迅速崛起，他们甚至考虑在环地轨道新建一个数据中心，彻底阻绝人们对于遗忘或记忆丢失的担心。刚从欧洲回来时，吟风有些吃惊，她知道古老又年轻的祖国正处在飞速发展的轨道上，但亲眼看见这些变化还是让她震撼不已。她离开不到四年，记忆云迅速蚕食了现代生活的方方面面，你可能并未意识到，但你却正在使用它、依赖它、渐渐离不开它。每个人都不自觉融入记忆云，为它的增长贡献出自己的一部分，同时也抛弃一部分自我。人们不再用心去记什么东西，而是选择将记忆上载到云端，以提升大脑运转速度，记忆云分享也让协作变得更容易，集体主义在这个时代被重新诠释。人们习惯在云端解决一切问题，娱乐、学习……甚至相亲择偶，面对面交流的频次被降到最低。吟风回国这几年来最后一个当面认识的人是陈诺，今晚，她将与他约会，像所有旧时代恋爱电影中那样，共进烛光晚餐，并且给他一个惊喜。

2

陈诺跌进空白。

上一秒，他还在数据海湾冲浪，驾着巡察银鲨追赶漏洞。他追查这个漏洞已经两天了，狡猾的漏洞 N57304 在他搭建的海湾中化为剑鱼，每次都在银鲨即将赶上的瞬间从它嘴边溜走。两天，对于一个漏洞捕手来说可不算短，漏洞多存在一秒，数据风险就增加一分。阿诺是御云公司的首席漏洞捕手，或者按照官方说法，数据安全监察员。他试过许多虚拟场景，扮演过中国古代战场上的骑兵，都市传说里的猎魔人，甚至星际战舰的驾驶员。如果今天还抓不到N57304，他考虑明天换一个场景，也许围棋对弈是个不错的模组，他已经很久没试过这种不动声色的制敌方式了；围棋，简单纯粹又变幻莫测，是送 N57304 归西的好办法。

可他也许不用等到明天，银鲨发现了目标，它循着剑鱼游动激起的水纹一路追击，在相隔数米时猛然发力，咬到了！银鲨锋利的牙齿划破 N57304 的尾鳍，剑鱼扭身一头钻进水深处，身后淌下一行淡红色血迹。阿诺知道它逃不远了，银鲨也知道。它不急不缓追上去，很近了，阿诺可以闻到水中的血腥味，他能看到剑鱼游动时微妙而不自然的颤动，再有一点耐心，他就能收获职业生涯中第 42 枚高危漏洞捕获奖章。银鲨又追开十来米，收紧尾鳍，而后用力甩开，向前扑去。阿诺看到 N57304 的整条鱼身落入银鲨张开的大颚……

定格。银鲨的颚一帧一帧闭合，剑鱼一帧一帧向前移动，场景从对象边缘开始崩溃，阿诺看着剑鱼的形状在银鲨嘴下一点点瓦解，银鲨本身也逐渐失去形状，像素格如流沙般落下不可知的深渊。突然，他周遭的世界变成一片空白，缓冲到头。

陈诺退出虚拟实境，回到现实。同一时间，他开始尝试使用植入式接口、公司量子终端和私人移动终端接入网络查询错误原因，却发现网络链接全面中断。云网挂了。

这不正常，阿诺把绝大部分记忆都存储在云端，但直觉告诉他这很少发生。他走出自己的胶囊隔间，发现隔壁的家伙也正探头张望。那家伙叫什么来着？阿诺习惯性用移动终端扫描对方脸部，想从记忆库中寻找匹配数据，可请求并未得到反馈，瞬间他反应过来云网断了。算了，这不重要。阿诺扶了扶眼镜，镜框压得他鼻梁有些疼，不知道新一代眼镜式移动终端何时上市，希望能更轻便些。

"嗨，哥们，"阿诺挑了个万用万灵的称呼，"知道怎么回事吗？"

对方摇摇头："鬼才知道。我正在搭建每日防火墙，都快完成了，就这么眼睁睁看着它化成水流走。真见鬼。"

"差不多。我看是云网的问题，谁会有线索？"阿诺习惯直截了当。

"问问猴哥吧。"

"猴哥？"阿诺抬起右手，用大拇指刮了刮鼻子，他对这个代号没有印象。

对方用下巴指了指十点钟方向，说："走到底左手边，64号胶囊隔间那个，云网专家。"

"谢了。"阿诺向这位不知名的邻居同事告别，双手插进牛仔裤口袋，循着他指示的方向走去。

64号隔间门掩着。阿诺敲了敲，无人应答，他推门而入。

隔间里没开灯，只有公司的量子终端显示屏闪烁出一片单调的荧光。借着那光，阿诺看见豆袋椅上窝着个人，一双手臂枕在脑后，脑袋上顶着一头杂乱长发，看上去有阵子没打理了，一缕细烟从那颗脑袋前方升起。

"嘿，你怎么搞定烟雾报警器的？"阿诺开口问道。

"用脑子。"含糊不清的声音，像被闷在罐子里，有可能因为说话者叼着烟，也有可能是他压根懒得张嘴。

阿诺不抽烟，也不喜欢这个地方，他想尽快打听到消息离开。"云网怎么了？"

"有人切断了水源。"那声音缓缓道。

"什么？"对方的回答让阿诺摸不着头脑。

脑袋后枕着的一只手抽了出来，在空中兜个圈移到嘴边夹起烟，那缕细烟向外平移了二十公分，阿诺可以看见星星点点的火光，声音清晰起来："云暂时聚不起来，雾占据主导，什么都看不清楚。耐心点，总有一天风会吹散雾，云也会再聚起来，可没有雾也就没有云，这是一场博弈啊。有点耐心，伙计。"

阿诺转身出门。自始至终，他都没见到这个被称作"猴哥"的男人正脸。无所谓，反正目前无法连接云端记忆库，也许他们早就认识。

阿诺走回自己的胶囊隔间，他在量子终端上留了一份简要常用资料库，虽说没有云端的完整资料库好用，但也还凑合，尤其在云网终端又无法从别处得到满意回答的时候，一切都只能靠自己。他接通大脑植入式接口和量子终端，将分析云网中断原因设为 AA 级任务，一头扎进分析中。

等阿诺再次回过神来时，已是晚上八点多，没有结果。

网络恢复的提示音在他耳边响起，这简直是天底下最动人的音符。可随之而来的是紧急事件提醒的警报声，一个红色的AAA 级日程安排滑入他的视域，文字在镜片上定格：

事件：一周年纪念日

时间：18:00

地点：K11

相关：吟风

备注：复习交往一年来的重要时刻，带上礼物，千万别迟到！！！

一旁的灰色小框提示：

已推迟两小时，继续推迟／取消？

关键词自动检索"吟风"，私人记忆库中的资料按照优先级源源不断涌入陈诺脑中。他在心中骂了无数句脏话，抓起外套冲出胶囊隔间。他试着呼叫吟风，却一次又一次遭到拒绝响应。陈诺顾不得高昂的车费，拦住最近一辆人工驾驶出租，直奔 K11。

真该死，和女朋友交往一周年纪念日的约会，偏偏被云网中断搅了。

3

徐青忆吃过晚饭，坐在沙发上想看电视。

一个人的日子，再逍遥也是凄清的。自前年退休以后，徐青忆每天早上六点起床，散步到两条马路开外的菜场买菜；不用顾忌别人的口味，却也没法由着自己的喜好来，菜买太多一个人也吃不掉。她想起上回贪心要了一整条鳊鱼回家红烧，足足吃了三天还没吃完，浸泡在酱汁里的鳊鱼热了又冷，冷了又热，鱼肉腐坏的速度远快于青忆消化的速度，最后她不得不倒掉吃剩下的半条鱼，腥臭的馊气味久久不散。从此，她再不敢多买。自女儿读大学住校以来，徐青忆很久没下厨了。她一个人生活，平时白天讲课，晚上带自习，学校食堂提供两餐，周末又要给学生加开补习班，也没时间做饭，总是在外面随便吃点凑合着过去。退休后时间一下子多出来，她只能重拾起年轻时买汰烧的日常功课，以消磨这奢侈到用不完的时光。上午几个小时献给厨房，烧出一天的饭菜，中饭吃一半，晚饭吃一半。下午她看书，有时也写东西，年轻时的习惯保持至今，没有文字的陪伴总让她不踏实。可最近，青忆觉得自己视力变差了，纸上的字模模糊糊，读不进脑子里，看完一页也不知书上讲了什么。青忆思忖着去配副老花镜，人老了到底不中用啊。

徐青忆就这么在沙发上愣了半天神，才想起自己是要看电视。她按下遥控器上的红色电源键，电视机却没像往常那样进入点播菜单，取而代之的是一片蓝色，屏幕中央有一行白色小字。她看不清楚，只得起身凑去近前。"网络中断无信号。"她拔掉电源又重新打开，还是蓝光一片。看来得打电话报修，这什么次生代 3D 无线智能电视，根本不可靠，还不如老早的平面数字机顶盒，插上网线电视节目就来，根本不用操心。

她坐回沙发，习惯性伸手去够一旁茶几上的电话，没有摸到。她转头一看，茶几上摊着的只有隔夜报纸，电话不见了。她这才记起因为使用频率太低，电话在两年前就已经被淘汰了，连报纸也越来越少见，只有靠政府背景撑腰的几家纸媒苦苦坚持，守着传统媒体的最后几缕余晖。她试图回忆自己把手机搁在了哪儿，上次用手机是什么时候来着？大概是给女儿打电话吧，说起来，又好几天没给女儿打电话了，不晓得她最近好不好。

吟风本科开始就住学校寝室，在国外的三年多更是没回过一趟家。青忆算得上开明，她也觉得趁年轻在外面闯闯蛮好，但操心是省不了的。前几年忙工作，女儿的事也顾不上太多；退休后，大半的心又挂回女儿吟风身上。吟风自小独立，这是好事，可到这个年纪也该成家了，她现在那个男朋友，小她三岁不说，还是个程序员，爱赶技术时髦，跟她爸以前一模一样。青忆劝过吟风，可她就是不听，上回竟还顶撞青忆，害青忆一气之下挂掉电话，随手把手机丢在厨房。对，手机在厨房里。

青忆站在厨房门口扫视一圈，没有手机的影子。上回和吟风打电话时，自己在干什么？青忆用劲想，肯定不是在捡菜，也没起油锅；她打开碗柜看看，没有；探了探米袋，也没有；她甚至打开冰箱，翻了翻蔬菜屉，还是一无所获。青忆停下来，试着往前想，那天是吟风打来的电话么？好像是，那应该是在她晚上下班后打来的。大晚上的青忆会在厨房里干什么呢？晚上她一般不下厨啊。青忆想不起来，她习惯性地拳起左手顶到嘴边，拿嘴唇抿了抿手背，触感粗糙，她张开左手推远来看，手背上一小片烫伤的痕迹。这是……对了，上次吟风打电话来时，手机搁在茶几上，边上就是一杯热茶，青忆急着接电话不小心碰翻茶杯，手机没事，手上的皮肤倒烫伤了一片，青忆一面接起电话，一面急忙到厨房挂橱里找烫伤药膏。青忆打开挂橱橱门，抬出药箱掀开盖子，果然，手机正躺在一堆药品当中。

手机早就没电自动关机了，青忆抓起它走到无线充电区域，重新开机，拨通吟风的号码。

"喂，妈……"吟风接得很慢。

"晚饭吃过了吗？"青忆的第一句问话总离不开吃。

一小片沉默。"还没。"

"怎么这么晚还不吃啊？又加班啦？"青忆知道女儿工作忙，可身体总要当心。

"不是，我约了……"吟风顿了顿，"我约了人。"

"又是那个诺……什么诺？"青忆陡然提高警惕。

吟风迟疑着"嗯"了一声。"陈诺。"

"我老早跟你讲过啦，那小伙子不靠谱，"青忆抓住机会又唠叨起来，"这么晚还不来找你，是不是又迟到了，他当是吃夜宵啊？"

"妈，别说了，你知不知道今天云网出故障啦？"女儿故意扯开话题。

可青忆却没这么容易罢休。"不晓得，出故障又怎么样？我从来不用它不是照样过得好好的。出故障他就有理由迟到了？"

"妈——"吟风拖长了称呼的尾音，"每个人都要用到云网的，没有云网你连电视都看不了。云网故障，整个轨道交通和无人驾驶交通网络都停运了，所以阿诺才……"

"他要真在乎你，跑步都跑到你跟前了，这个点还不出现，你给他打个电话问问到哪儿了吧。"青忆看不得女儿受委屈，尤其是从那小子身上。

吟风的声音低了下去："他只有网络电话，网断了打不通……"

青忆听着更来气。"你看看你看看，还不承认他不靠谱？女朋友想联系他都联系不到，怎么恋爱的啊。"

"他……平时都联系得上，今天是特殊情况，云网断了啊。说不定他正往这儿赶呢。"吟风最后一句话里，并没有多少确定的口气。

"男人啊，你永远不能把他们往好里想。说不定他压根早就忘了这事，没有那什么云网提醒他还想不起来呢。他不是靠技术吃饭靠技术生活嘛，没有技术他还能靠什么？等哪天靠过了头啊，就像你爸那样……"

"妈。"吟风这声叫得很急，生生掐断青忆的话头。

"唉，"青忆叹一口气，"我知道，都过去那么久了……你自己好好想想吧，二十八岁，也该认真考虑考虑了。"

"行，我都知道，陈诺他，"吟风顿了顿，继续说道，"你就放心吧，我心里有数。"

"好好好，我也不多说了，你先吃点东西，别饿着。"青忆知道说也没用，但她没法不说。

吟风应了声便不再说话。

青忆挂断电话后，突然想起那次她在学校加班，吟风一个人在家等她，饿到不行，自己下馄饨吃。小姑娘往沸水里下馄饨，手势不对又收得太慢，溅出的水滴烫到了手，吟风一急又打翻了锅，亏得她躲避及时，烫伤的只是左手。青忆回家看到潮湿的厨房地板，葱花躲在瓷砖缝里，她叫来吟风才看到女儿左手上胡乱缠的绷带，小姑娘早就自己找出烫伤药膏涂上，还顺带收拾了厨房。那年女儿九岁，她爸出事还没到一年，青忆抱着吟风哭了很久，反倒像自己闯了祸受了伤。不知不觉间，女儿怎么就那么大了呢，青忆用右手摸了摸左手手背的烫伤处，微微凸起的疤痕有种陌生而奇妙的触感，不晓得吟风手上的疤还看不看得出。

最终，青忆还是没想起自己原本是想打电话报修电视的事。

二

1

大雾就像是伴随云网修复而出现一般，同云网一道环绕包围了整座城市。

雾的出现让一些人恐慌，尽管更多人只是一头扎进云网复归的喜悦中去。政府的官方解释是为加强云网的稳定性，授权御云在空气中投放了纳米量级的路由器，大雾可能是由此引发的连锁效应，副作用将在几日后消散缓解，让市民们不要恐慌。

那日吟风苦苦等了阿诺一个半小时，她设想过万千种阿诺迟到的原因，也尝试过无数次拨打陈诺的网络电话，没有一次成功，云网断了就是断了；纵使她在母亲面前再怎么维护阿诺，自己心底也很难压下这股气，加上她的身体受不得这番折腾，最终，她耗尽耐心，转身回家，离开的同时，她关闭了与阿诺之间的所有通话渠道。回家的公交车上，她一路望着窗外，看雾一点一点起来，路灯射出暖橙色的光，就像列队守卫投来的目光，从车头扫到车尾，又把车头交给下一盏，雾渐浓，光渐柔和，光的边缘模糊不清，在茫茫夜色融作一斑。她把手轻轻搁在肚子上，什么都感觉不到，她为这个尚未出世的生命感到一丝悲哀，任外面的世界变化，它也无法感知，正如它爸爸也无法知晓它的存在。待吟风再也看不清路灯轮廓时，网络恢复的信号声响起，她的心却被雾紧紧缠住，灰蒙蒙的，亮不起来。

接下来几天，雾没散过，就像吟风心头的阴霾，沉沉压在城市的高楼之上，覆满城市的母亲河江面，凝结在目光涣散的行人肩头。幸得云网工作如常，城市运转并无大碍。人人都能接入云网获取数据信息，从而看到"真实"的世界，尽管这真实仅仅建立在 0 和 1 的基础上。

到周末，雾终于散了，消失得一干二净，仿佛从不曾出现。见到久违的阳光，吟风心头多少晴朗了些，所以收到阿诺的信时，她决心给他一个机会。

这个城市的邮政系统依旧存在，当其业务萎缩到一定程度后，使用者也只剩下最忠实的复古信徒，这一小块市场永远消失不了。通过网络发送的讯息不用一秒就能送达，声光影像能营造气氛的多重高潮，可却少了书信承载的郑重感和仪式感。寄出的信，就像一支迟缓的箭，你不知道它能否抵达目的地，也不知道它何时会被阅读。在信上书写下此刻的心情，封上信封贴上邮票投入邮筒的那刻，也就交付出了一部分自己，没有备份的、托付给收信人保管的一部分自己。

阿诺的字很糟糕，一笔一画透着小孩子刚学写字的别扭，但他写得很认真。吟风读完那三页纸，放下来，又拿起来回味一遍。这是她第一次收到手写的信，大概也是阿诺第一次写信。她不经意跟他提过羡慕 20 世纪言情小说的女主角，把收到的情书扎成一叠小心压在箱底，待老了翻出来细细回味，追忆青春年华。

阿诺至少还会用心，吟风心里甜甜的，恢复了他的通讯权限。上百条消息记录瞬间涌入移动终端，几乎占满带宽。这个粗线条的家伙，到底还知道着急。吟风打开最近一条消息，还没来得及细读，阿诺的影像通讯请求弹出，吟风犹豫一下，选择接受。

"吟风，你终于肯见我了！"阿诺的声音比影像更先传来。

吟风摘下手腕上的移动终端搁在书桌上，将影像输出模式切换成桌面投影，阿诺的三维立体胸像出现在她眼前。

"这叫见吗。"吟风故意板着脸，假装生气，她的气虽消得差不多了，架子还是要端一端的。

"给我十分钟，"阿诺比出两根交叉的食指，"我马上去你家。"

吟风赶忙打断："哎哎哎，我还没允许你来呢。"

阿诺坐正身体，敛起眼神直视前方，影像忠实呈现了他的姿态。吟风不禁想，他见到的自己是什么样的呢？技术成像是将她的形象扭曲，还是模拟得更为真实？

阿诺沉默片刻，缓缓开口道："吟风，我错了，原谅我好吗？"

吟风很少看到阿诺正经的样子，他双眉微锁，脸部线条收紧，背脊挺直，双手自然下垂，大概是相握成拳搁在了吟风看不见的大腿上。这副样子浑然不似平时那个松弛随性的家伙，吟风有些不习惯，甚至连心跳都加快了几分，认真的阿诺有点帅气，也许会是个合格的父亲。

"这几天联系不上你，我一直在想各种办法，我发送的所有通讯请求都被直接拒绝，我试着用公共电话打你手机，可一插入信用芯片拨打人信息栏就自动填入了我，我想在你楼下等，却通不过小区的身份认证，我只能给你写信。我第一次写信，以前从没想过会使用这种低效率又无保障的原始沟通方式，我不知道信要寄多久才会到，我每天都给你写，第一封信是四天前寄出的，我不知道你收到了几封。我把所有对你的歉意和想念都写下来，一笔一画写下来，很久没写字了，我只能借助字典，也不知道有多少错字别字。我记得你说过羡慕以前的女孩子收到情书，我想你即使不原谅我至少也能保留这些信，成为老去之后的回忆。我……你能接受我的通讯请求真是太好了，不然我会一直写一直写，不管你能不能收到。没有你，我的心会永远悬着，一直着不了地。"

看阿诺一脸严肃讲了这么多话，吟风有些怀疑这是不是她所认识的陈诺，她的男朋友总是吊儿郎当又呆得像块木头，要他说句情话简直比登天还难，今天这是怎么了？吟风不自觉也坐直起来。

阿诺继续道："吟风，原谅我好吗？"

"嗯……"吟风摸摸肚子，说不出别的话来。

2

成功。

阿诺看了看智能眼镜视域右下角的时钟，道歉耗时 7 分 43 秒，距离刚刚和吟风约定的见面时间还有 4 小时 26 分钟 39 秒，他在第二伊甸的任务栏中键入"挑选生日礼物"，设置约束条件为"女 +50 至 60 岁 + 传统保守"，想了想又附注"准丈母娘"，按下确认。

方才吟风让他下午陪她去给母亲青忆买生日贺礼，下周末青忆生日那天一同上门，正好也让母亲见见阿诺，好消除她的成见。阿诺检索了记忆库，吟风说过自己的父亲也是个技术宅，那次事故让她母亲对技术宅的敌意和偏见上升到极点，阿诺要博得她的好感没那么容易。好在这是个技术时代，群体的智慧无限，阿诺相信第二伊甸的兄弟们能帮他解决难题，就像他们帮他想出如何让吟风接受道歉一样。

第二伊甸是一个虚拟社区，阿诺讲不清楚它到底是怎么火起来的，他只能从历史上追溯到这片乐土的诞生甚至在御云公司崛起之前。第二伊甸提供群体问题解决服务，就像中国古话说的那样，三个臭皮匠赛过诸葛亮，任何注册用户都能在第二伊甸发布任务，寻求其他人的帮助。聚集在第二伊旬的高质量用户群是第二伊甸的最强智库，描述清晰的任务能在短时间内得到响应；记忆云成熟以后，整合了云服务的第二伊甸功能更显强大，你甚至能在第二伊甸租借大脑运算能力，以适应高强度任务的需要。难能可贵的是，第二伊甸至今还是个独立网站，抵抗住金钱的诱惑，没被任何大公司收购。阿诺在第二伊甸有许多兄弟，尽管他们从未相见，他不知道他们的真名，甚至不确定他们的性别，但他知道他们会帮他，正如他也常常分出一部分精力去帮助他们。

阿诺很庆幸没有在吟风切断与他的联络后选择直接黑掉她的防火墙，而是在第二伊甸寻求帮助。伪造虚假身份的通讯请求对他来说轻而易举，但第二伊甸的兄弟们告诉他，这样只会起到反效果，让吟风更加生气。最终阿诺完全顺从了兄弟们提出的整合致歉方案，一面沉住气不断呼叫吟风，等她自己解除屏蔽，一面给吟风写信，用最慢的邮政系统寄出，这是她唯一没有主动屏蔽他的通讯方式，他还按照兄弟们的建议模拟排练了整个道歉过程，目的就是让吟风知道他很重视她。

结果显而易见，吟风接受了，有时候慢就是快。阿诺爱吟风，可他常常觉得不懂她，女人的心思大概是现代技术永远攻克不了的难关。既然能够解决问题让双方都开心，那他从公共数据库中抽出古旧的言情小说来合成情书、效仿二维电影中的表演来郑重道歉又有什么不对？

阿诺晃进第二伊甸的任务大厅，寻找自己帮得上忙的活儿，要得到帮助必须有相应付出，他不想浪费这四个多小时。

挂在大厅的绝大多数任务提不起阿诺的半点兴趣，太寻常也太简单；坦白来说，阿诺在人情世故方面的知识匮乏，可他觉得那不重要，他的该把更多精力花在需要缜密逻辑和计算机相关知识的地方，日常琐事大可以委托给别人代理，这正是云时代分享智慧的奥义，不是么？

他转进特殊任务区，浏览起置顶任务，编写延迟病毒、开发完美性爱机器人、创造人工智能……开头几项依旧不够刺激，都是些老掉牙的点子，时不时卷土重来却从没被真正解决。他的目光扫到一条颜色和字体都不怎么起眼的消息：

清雾

只有两个字，意义不明，词组搭配奇怪，却莫名触发了阿诺脑中的警铃。他点开任务详情，同时在云端记忆库中搜索相关资料。这是个匿名任务，任务详情里只有一个九位数字，没有任何解释。是加密文字通讯频道号码，对方希望通过最原始的文本传输来交换信息，牺牲沟通效率来换取安全程度，这一定是项绝密任务，要不就是对方在故弄玄虚。阿诺的记忆库检索结果显示无匹配资料，奇怪，这熟悉感从何而来？难道是记忆库有疏漏？阿诺没太在意，把这项任务的关注度设为"中级"，继续往下浏览其他任务。

三

1

门铃响起时，徐青忆正在对付一只鸽子。她带着满手鸽子毛去开门，门外站着女儿吟风和一名陌生男子。

"吟风，你怎么来了？"

"妈，这是陈诺。"

母女两人同时开口。

柠檬草的味道，何语的味道。青忆愣在门边。

"妈，我不是说了会早点来帮忙嘛，"吟风说着，一面把那名男子领进门，"不用换拖鞋，直接进去吧。"

女儿说过今天会来么？青忆没有一点印象，嘴上却应着："我一个人能搞定的呀，你来只会添乱。"

青忆上下打量那名男子，高高瘦瘦，黑框眼镜，格子衬衫加牛仔裤，有几分像年轻时的何语。吟风把手里的纸盒子塞给他，说："蛋糕不用放冰箱，搁那边桌上吧。"两人关系相当亲密，是在处对象吗？对象……刚刚女儿说他叫什么来着？什么诺……陈诺！就是那个女儿一直提起的男朋友啊。

"买蛋糕做什么啦？"青忆觉得奇怪。

"过生日啊，怎么能没有蛋糕，"吟风说着径直走进厨房，青忆忙跟进去，来不及细想是谁的生日。

女儿四下打量，开口道："妈，你把菜都放哪里啦？怎么就这么点东西。"

菜？糟糕，青忆今早买菜备的是一人分量，哪里够三个人吃呢，她敷衍道："我还没来得及出去买呢，这些……这些是我昨天买多了剩下的。"

"那也别麻烦了，我去菜场买点蔬菜，再称点熟食吧。妈，你在家把鸽子处理完炖汤吧，我马上回来。"

青忆应和着，吟风已经出了门，留下她和陈诺两人在屋里。

青忆偷偷瞥向陈诺，发现对方也正望向这边，她一阵慌张，忙开口说："你喝点什么吗？"

陈诺几乎是立刻回话："可乐吧，谢谢伯母。"

"哎呀，不好意思，家里没可乐，"何语走后，青忆再也不在家里置备不健康的碳酸饮料，"你喝不喝茶？黄山毛峰或者西湖龙井？"

"不用了，还是不麻烦了。"陈诺一屁股坐到沙发上，又马上弹了起来，走向青忆，"我来帮忙吧，伯母有什么我能做的吗？"

青忆忙摆手。"不用不用，你坐着就好了呀。"

手上的鸽子毛飞起来，几根细短的羽毛浮在空中，被搅乱的气流托住，几秒后又被地心引力缚住，缓缓落向地面。

陈诺闻话，停在半路，用右手大拇指刮了刮鼻尖，说："嗯，那我就不给伯母添乱了。"他牵起右边嘴角，扯出一个微笑，那微笑带点痞气，却很干净。

真是像极了何语，不是长相，而是气质，连小动作都如出一辙，怪不得女儿会喜欢这小子，青忆有点懂了。可正因如此，才必须阻止他们在一起，青忆不想看女儿和自己一样受罪，这对鸳鸯她是拆定了。

2

等到三人在饭桌前坐定，已是晌午时分。

吟风推推陈诺，他突然意识到什么，俯身提起脚边的纸袋子，站起来双手递给青忆，说："伯母，这是吟风和我给您准备的生日礼物。"

生日礼物？青忆接过袋子，从里面掏出一条酒红色羊绒围巾。颜色很好看，青忆从年轻时起就一直喜欢酒红，何语说过这沉稳优雅的色调很称她的气质。

"妈，这是陈诺买给你的礼物，颜色也是他挑的，知道你过阴历生日，特地今天送你，喜不喜欢？"吟风的话中充满期待。

今天是自己阴历生日？青忆一怔，若不是女儿提起，她压根记不起来，到底还是女儿孝顺啊。青忆心里泛甜，嘴上却说："浪费什么钱嘛，也不晓得这羊绒好不好，男人根本挑不来东西，我一个老太婆哪里用得了这么洋气的颜色。"

吟风急道："妈，这是陈诺的一片心意啊。"

陈诺抢过话头，说道："伯母，我第一次给长辈买礼物，挑得不好还请见谅。要是不喜欢这颜色可以去店里换，不过我觉得酒红色又稳重又典雅，很适合伯母，戴上就像年轻了十岁。"

青忆听了心里舒服，她摸摸围巾，又轻又软，手感不错，道："算了吧，买都买了。不过你可别以为一条围巾就

162

能换走我女儿了，过生日这种场合连个蛋糕都不买，你连她从小嗜甜都不晓得吧。"

"妈，我们买了蛋糕来的呀，就在茶几上，刚刚还是你把蛋糕从饭桌上挪过去的呢。"吟风的声音有几分诧异。

有蛋糕？青忆想起来似乎是有这么回事。"哦，哦……我就提醒你一句，吟风从小爱吃甜的，你可别让她吃苦。"青忆冲陈诺讲，未等他回答又补道："当然她还不一定会跟你呢，我们吟风打小就很多人追，光被我打出门去的就不知道有多少……"

"妈——"吟风截断了青忆的话，"别乱讲。"

陈诺却只是笑笑，答道："伯母放心，我绝不会让吟风吃苦的，苦的归我，甜的归她；其他追求者我也不怕，我相信自己，更相信吟风。"

跟何语当年说的简直一模一样，青忆有些失神，随口应道："都只是说说而已，谁知道真的假的。"

"好了，别说啦，"吟风举起筷子，"快吃饭吧，菜都凉了。"

3

蛋糕抬上桌面时，吟风已有些倦了。整顿饭期间，母亲青忆不断在挑阿诺的刺，无论吟风怎么转移话题，青忆都不肯停歇；出乎吟风意料的倒是阿诺，他一改平日不通世故的表现，面对母亲的刁难，竟能避开话里的锋芒圆滑应对，做出合适的回答，看来事先下了不少功夫，他到底是重视这事儿的，这让吟风很受用。

母亲的态度却让她为难，她本想趁今天领阿诺上门，让母亲见见阿诺，消除成见接受他，同意他俩的事，随后宣布自己怀孕的消息，可谁料母亲如此坚持挤兑阿诺，让她措手不及。

吟风能猜到母亲不喜欢阿诺的原因，他太像父亲了。

父亲何语出事时，吟风只有八岁。记忆中，当程序员的父亲很少在家，偶尔在家也总是鼓捣着他的新鲜玩意儿。吟风记得自己很小的时候缠着父亲玩，他却沉浸在最新款的虚拟实境游戏中，连吟风爬到他膝上都毫无反应；随着游戏中一个猛烈动作，吟风被甩了出去，她的额头撞上桌角，去医院缝了五针。自此，她再也没对父亲撒过娇。吟风羡慕其他女孩子，她们的父亲宠溺女儿就像宠溺公主，周末带去游乐场，时不时买回好吃的零食，可吟风就连被父亲牵着手出门散步的记忆都很稀有。但她也为自己的父亲自豪，上小学之前，她根本没意识到父亲走在技术潮流的最前沿，直到她坐进小学课堂，才发现父亲的时髦。那会儿云网概念才普及没多久，这座城市的无线云网覆盖率才刚达到61.9%，吟风长大后查阅统计年鉴才得到这个数字，可当时的她觉得云网无所不在；小学一年级的吟风已经拥有整套可穿戴云享设备，云享耳麦能录下语文课上老师的深情朗诵，云享眼镜则能摄下舞蹈课上老师的优美示范动作，所有这些录音录像都通过云网被上传到云端，供吟风随时复习，她的成绩因此名列前茅。班里其他同学压根没见过那些先进设备，纷纷对她投来艳羡的目光。可云享耳麦也好眼镜也好都不过是吟风父亲随手扔给她的旧玩具，他自己早就将更新的设备收入囊中。

吟风相信，父亲是爱母亲的，在他想得起来的时候。他可以在母亲生日时蒙上她的眼睛，一路扶她到江边，看他黑掉对岸大楼的照明系统，在外墙上用灯光打出母亲的姓名首字母和大大的爱心；他也可以一连几周不回家，全身心扎进工作只为开发一个新程序。只有那样的父亲才会不顾母亲的阻拦，志愿参与记忆上传实验。

二十年前的诺贝尔生物奖被颁发给两位华裔脑神经科学家，他们成功破解了人脑记忆转化为电子数据的秘密。记忆被他们分为两种——通过阅读、观看、听讲等学习过程获得的知识性记忆和事件经历、感官感觉等体验性记忆，人类大脑在他们手中化作一块可读写的硬盘，体验性记忆得以脱离文字、图像等载体，直接被抽象成一组对大脑特定区块施加刺激的信号，从而能够被直接记录与复现，使得记忆上传和下载成为可能。但在最初的实验中，他们却忽视了最简单的备份。作为志愿者家属，母亲最终得到的是一份巨额保险和一纸道歉信：*由于实验失误，何语先生的体验性记忆全部遗失。体验性记忆电子化课题组向您致以诚挚的歉意，并感谢何语先生对人类科学进步作出的不朽贡献。*简单来说，父亲失忆了，母亲和吟风成了他眼中的陌生人。

这对母亲来说是莫大的打击，八岁的吟风被迫迅速成长。一开始母亲还试图挽回，她求助于科学家、公益机构、甚至媒体，企图找到办法寻回丈夫的记忆，可结果却令她却一次又一次失望。终于在某一天，父亲离家出走了，也许是厌倦了被各方当做实验品尝试种种唤回记忆的方法，也许是名义上的妻子女儿实则对他而言全然陌生使他恐慌，他选择离开，消失得无影无踪。

　　这么多年来，父亲一直是母女俩避而不谈的话题。吟风有时会想，父亲的生活一定比她们轻松，他没有需要负担的沉重过去，说不定在某处重建了幸福家庭。母亲觉得是父亲辜负了她们母女俩，吟风却不这么认为。那只是一起意外，和车祸、空难、恐怖分子袭击一样的意外，并非父亲主动选择的结果；发生意外之后，丧失所有体验性记忆的父亲已不再记得与母女俩有关的任何事情，情感纽带被生生割断，又凭什么要求他和两位陌生人生活在同一屋檐下，分享她们的痛苦与焦虑呢？某种程度上来说，恰恰是记忆构成了人格的基础。失去记忆的父亲，也不再是父亲。

　　阿诺很像父亲，可吟风并不觉得自己因此才爱上他。等她意识到这种相像时，已过了两人的热恋期。吟风理智地分析过，认为是阿诺身上的活力和冲劲吸引了她。和父亲一样，阿诺也是个程序员，和所有极客一样痴迷最新技术，同代码的亲密程度远胜于同人的亲密程度。阿诺的思维敏捷，反应迅速，他很早就植入了内置接口，将所有记忆上传到云端。如今的技术早就能保证上传记忆安全可靠，年轻人或多或少都会将一部分记忆上传，以使自己的大脑运转速度更快。在御云公司的多重安全保障措施下，根本无需担心记忆丢失，"Safer than your mind[1]"是他们的口号。可母亲却不这么认为，父亲遭遇的事故在她心中留下一道疤，所有现代科技在母亲眼中都被贴上了"不可靠"的标签，更何况阿

---

[1] Safer than your mind，比你的大脑更安全。

诺这么个高度依赖技术的人。也许是命运的刻意嘲弄，阿诺也比吟风小三岁，就如父亲小母亲三岁一样。

在吟风沉思犹豫的档口，母亲开口说道："你们来吃饭就来吃饭嘛，买什么蛋糕啊，又没人过生日。"

"妈……今天是你阴历生日啊，你忘了吗？"吟风意识到母亲有些不对劲，这是她今天第三次问起生日蛋糕，即便健忘也不该如此。

"哦，哦……我就觉得，没什么必要……"坐在对面的母亲敷衍着，眼神游离。

"妈，你怎么了？"

"没啊，什么怎么了。"母亲往回缩了缩身体，扭头避开了吟风的视线。

一定有事。吟风知道这样问不出来。难道是看到阿诺想起了父亲？可母亲这么针对他也不像高兴的样子。那是母亲有了新的爱人？但这也是好消息啊。不是心事的话……莫非母亲病了？

"伯母一定是看到我们来给她贺寿太高兴了，"一旁的阿诺插话，"往后我们一定常来看您。"

母亲却不买账。"吟风一个人来看我就够了，你还是不用了。"

又开始了，也许还是告诉他们比较好？至少能让母亲能有件高兴的事情，何况，有了孩子她也不会那么反对阿诺和自己在一起了吧，这么说来还能借口让母亲陪自己做孕期检查拖她到医院去看看。吟风下定决心。

4

母亲许完愿吹灭蜡烛，站起身准备切蛋糕，吟风鼓足勇气。

"妈，阿诺，"吟风看了看两人，"我有件事要告诉你们，"她停下深吸一口气，"我怀孕了。"

一片沉默。

阿诺先反应过来。"我……我要当爸爸了？"他的声音带着一丝不确定。

吟风深情注视着他的眼睛，点点头。

"我要当爸爸了！"兴奋之情从他的声音里溢出，他张开双臂一把抱住吟风，"吟风吟风吟风，你为什么不早点告诉我，我要当爸爸了啊！"

吟风被阿诺抱得有些透不过气，她小心地把头扭向母亲的方向，悄悄观察她的反应。

母亲低头看着蛋糕，面无表情，她顿了一会儿，操起刀切蛋糕。那柄一次性塑料刀在母亲手里仿佛有千斤重，直直砍向蛋糕，鲜奶蛋糕质地虽软，却没那么容易被从天落下的塑料刀劈开，带锯齿的刀刃并不锋利；母亲抬起手臂，又是一刀。

吟风挣脱阿诺的怀抱，把他推开到一旁，轻声说："妈，得从边上切，要不我来吧。"

母亲没有停，直直又砍下一刀。"在你眼里我连个蛋糕都切不了么？我还没老到那个地步。"

"我不是这个意思，我……"吟风想要辩解。

"你翅膀硬了，不需要我这个妈了吧。"母亲打断她。

"妈……"吟风不知该说什么，这和她料想的反应完全不同，母亲不是总期望着哪天能抱上外孙么？

阿诺握住吟风的手，正色道："我一定会好好照顾吟风和孩子的，您就放心吧，伯母，不，妈……"

"你没资格叫我妈！"母亲陡然拔高嗓音，她抬起头瞪向吟风，看也不看阿诺，说道："要是和这小子在一起，你也别叫我妈了。"

"可是孩子……"吟风的右手不自觉搭上腹部。

母亲冷笑一声："呵，没爹的孩子一样长得大，你最清楚了不是么？"

"妈，别这样……"吟风最见不得母亲想起父亲的样子。

"与其长到一半丢了爹，还不如一开始就……"母亲话说到一半，突然伸手扶额，身子一歪，往地上倒去。

阿诺急冲向前，托住晕倒的青忆，回头对吟风说："去医院吧。"

四

1

在医院等待青忆的检查结果时，阿诺仍然沉浸在即将为人父的喜悦之中。

他就要当爸爸了。

阿诺是个孤儿，他没有任何关于自己父母的记忆。他在孤儿院长到五岁，从智商测试中脱颖而出，被送进御云学院，学习数学、逻辑、算法和编程，至少档案如此记录。阿诺从不怀疑客观记录。对于五岁以前的记忆，他并没有多少印象；五岁以后他就开始上传记忆，一开始借助大型仪器和外接设备，十岁那年他便拥有了植入式接口，得以随时随地将记忆上传。五岁以来的所有记忆都被他保存在记忆库中，御云学院学生的特殊身份使他拥有无限的记忆云存储空间，他给库中的记忆分门别类加上标签，方便从云端检索调用。云端的记忆不仅可供个人使用，更能与他人分享；当然，为了避免记忆错乱的情况发生，政府限制了分享记忆的拟真度，只有少数醉酒者或瘾君子在极不清醒的情况下才会将别人分享的记忆误当作自己的。阿诺分享过不少自己的记忆，也体验过他人的人生片段。他最喜欢家庭生活幸福美满的童年记忆，妈妈给孩子讲的睡前故事，一家三口去郊外野餐，他也想有个家。阿诺知道自己没法改变过去，只能期待未来，认识吟风后，这种感觉更为强烈，他想和吟风共建家庭；吟风怀孕的消息让他相信这个未来并不遥远。

　　可吟风母亲的态度却让他有些不安。阿诺事先就从吟风那里了解到未来丈母娘对自己的不友好态度，为了给她一个好印象，他在网上找到287段准女婿上门拜见丈母娘的记忆分享，分析他们的行为，将之抽象为24种应答模式，他将包含这些应答模式的数据包保存在移动终端上，又在第二伊甸建了一个任务讨论区以便实时求助。说实话，他对自己今天的表现挺满意，尽管吟风母亲一直在百般刁难，阿诺却都应付下来，至少没有难堪到下不了台。可是，准丈母娘的态度却没有丝毫改变，自始至终都明显反对吟风和阿诺在一起。即便吟风搬出肚子里的孩子，都无助于扭转她母亲的态度；阿诺甚至觉得，吟风怀孕一事让她母亲的反感更加强烈。她最后的晕倒出乎阿诺预料，难道是因为过度愤怒？还是为了阻止他和吟风而在演戏？

阿诺私下调查过吟风的母亲。徐青忆，五十七岁，曾是一名中学语文教师。20年前，她的丈夫何语志愿参与记忆上传实验，丢失了所有体验性记忆，事故原因不明，媒体普遍推测是由于实验疏忽忘记备份。徐青忆在丈夫出事后曾向各方求助申诉，一时之间被媒体广泛报道，可这些求助皆无果，媒体关注度也渐渐降低。据吟风说，她父亲某天突然毫无征兆消失了，她母亲的奔走也就此消停。除此之外，网上能找到的关于徐青忆的资料很少，只有她早年发在文学刊物上的诗歌和散文作品，随着传统出版业的式微，她发表的作品也日渐减少，结婚后更是销声匿迹，看来徐青忆在婚后将大部分精力投入了家庭生活。阿诺没有找到徐青忆的相关病史。个人医疗记录虽说对外保密，侵入医院数据库对阿诺来说却不难。徐青忆似乎很少生病，至少很少就医，这些年来除了偶尔的皮肤过敏和一次急性肠胃炎外再没有别的诊疗记录，她也没有定期体检的习惯。

就吟风母亲今天的状况来看，阿诺怀疑她是年纪大了犯迷糊，不记得几分钟前发生的事情，健忘，短期记忆能力衰退，也许该建议她进行记忆上传。阿诺猜徐青忆很少上传记忆，甚至可能完全没有备份过任何记忆，这在现代社会很罕见，只有少数顽固的守旧派才会这么做。这种固执风险很大，人脑记忆模糊而不可靠，一旦忘却便很难再寻回，无论是从个人生活维系还是人类整体经验传承的角度来说，拒绝记忆上传都不可取。如果能说服她进行记忆上传，阿诺或许有机会修改几个小小的参数，也许这样就能改变未来丈母娘对自己的态度……

2

就在阿诺沉思间，医院的语音提示系统开始广播："请徐青忆家属至 23 号诊疗室，请徐青忆家属……"

一旁的吟风触电般跳起来，她抬头四处寻找指示牌。阿诺站起来握住吟风的左手，领她拐出走廊，在她耳边轻声说："这边。"

诊疗室的样子同线上医院没多大区别，一样的纯白墙壁，极简化的室内设计。

"徐青忆家属？"桌子对面的医生着白大褂，戴金丝边眼镜，阿诺推测那是他的移动终端，同阿诺自己那台一样，信息会在镜片上显示，以便让医生更直观地获取病人过往病史、检查结果等相关信息。

吟风往前坐了坐，点头说道："是的，我是她女儿。"他察觉到她手心冰凉。

医生微微收了收下颌，表示确认，复又开口："你母亲在里间休息，没有什么危险，只是情况有点麻烦。"

吟风紧紧攥着阿诺的手，静静等候下文。

"早发性阿兹海默症。"医生平静地宣布审判结果。

"什么？"吟风的声音中有几分困惑。

　　与此同时，阿诺通过云网检索起"早发性阿兹海默症"。

　　阿兹海默症，或称脑退化症，是一种持续性的神经功能障碍，多发于六十五岁以上的老人，也有少见的早发性阿兹海默症，病患会提前发病；最近十年，全球阿兹海默症病患比率显著提高，发病年龄提前，医学研究猜测这与人类生理记忆机能退化有关，目前尚未得到证实。疾病初期症状为难以记住最近发生的事情，随着病情发展，将会产生谵妄、易怒、具攻击性、情绪起伏不定、丧失长期记忆等症状。当病患身体功能下降时，会从家庭和社会的社交关系中退出，随着身体功能逐渐丧失，最终死亡。目前医学尚未有有效治愈阿兹海默症的方式，一般采用记忆上传方式保存病患记忆，以提高其晚年生活质量，减轻照护者的压力。

　　记忆上传，阿诺的心提了起来。

　　医生的解说和阿诺查到的资料大致相同，吟风听到一点一点陷进座椅，最后，她用颤抖的声音问道："病患，一般能活多久？"

　　医生推了推眼镜，"视病情发展而定，很难预测患后；平均而言，病患确诊后的存活期为七年，但这只是一个平均数。"

　　"七年……"吟风喃喃道。

　　"如果进行记忆上传呢？"阿诺问道，努力抑制自己的心跳。

　　医生摇摇头："没有用，记忆上传只能帮助病患保存记忆，对于控制和减缓大脑的病理学变化没有帮助。"

这不是阿诺想要的回答，他继续问道："但记忆上传能提高患者的生活质量吧？"

"确实是"，医生证实，"记忆上传与脑力锻炼、运动、均衡饮食等传统治疗方法的最大区别在于，它能通过将患者记忆保存在外部存储设备，并借助云网实现实时读取，使患者的记忆衰退表征没有那么明显，从而提高病患晚年的生活质量，减轻照护者压力。"

阿诺想要的就是这句，记忆上传的好处。

"记忆上传……"吟风重复道，"上传病患记忆的话会有副作用么？"

"从临床表现来看，没有显著副作用。只是，如果可能的话，尽量不要让病患知道自己得病，以减少对她的精神刺激。"医生顿了下，又说："如果要上传记忆，最好尽快，越早上传，能够保存的记忆就越多。"

3

从医院回家途中，吟风故作轻松，阿诺当然也是万分配合，两人努力让青忆相信她只是因为低血糖而晕倒，静养几天就好。

待到将青忆安顿好睡下，阿诺陪吟风回她住处去拿换洗衣物，以便她到青忆家小住几天照顾母亲。一路上，吟风都很沉默。阿诺搂着吟风的肩，试图给她一个支点，心中某个念头却不断盘旋变大。

到吟风住所时，阿诺差不多也完成了运算，计划可行度大于 75%，值得冒险。他打开酒柜，倒上两杯威士忌，又往其中一杯中加上两块冰块，把没加冰的那杯递给吟风。

"上传记忆吧。"阿诺盯着手中的酒杯，酒面微微晃动，隐隐约约映出吟风的脸。

"可是，该怎么跟妈说啊，"吟风的声音有些无力，"毫无由头就提出让她上传记忆，她肯定会起疑的。"

"别让她发现自己的记忆被上传就行了。"阿诺早有准备。

"不被发现？"吟风无法相信，"上传记忆的过程本身也会形成记忆啊，怎么能不让她发现？"

"我有办法。"阿诺将杯中酒一饮而尽。

五

1

上班路上，吟风昏昏沉沉。

昨晚她没怎么睡，满脑子都在想母亲的病，辗转难眠。母亲家离公司有点远，两次换乘十九站地铁，吟风不得不起个大早。

地铁车厢很安静，每个人都抓紧这宝贵的时间，或者补觉，或者接入云网通过移动终端浏览新闻、阅读邮件、播放影音，无论是站着还是坐着。吟风有些困，可她不敢闭眼小憩，生怕坐过站错过换乘，公司对于上班时间要求很严。

车厢依旧配备移动电视，总有像吟风这样没有沉浸在个人世界中的乘客。移动电视上滚动播放着广告，御云公司推出了实时记忆共享的新业务，"与远在天边的亲友共享宝贵一刻"。广告里说，记忆的实时共享延迟将不超过 0.02 秒，无论物理距离多远，都能亲临现场般拥有同样记忆。记忆似乎真的连成了一片云，也许哪天人们甚至可以实时共享整个大脑，相互连结的大脑是否会形成某种新的智慧形式，某种集体意识？要是那样，吟风愿意与母亲共享大脑，这样她的病也就没那么可怕了吧。

吟风答应阿诺考虑一下。她不能让母亲知道自己的病情，她只能替母亲做决定。吟风知道母亲向来反感技术，不信任记忆上传，无论如何都不会主动答应进行上传。母亲的固执持续了二十年，正如她二十来都无法忘记父亲。

阿诺说他有办法在不让母亲发现的情况下完成她的记忆上传，同样有办法在不让母亲察觉的情况下让她能够实时调取自己在云端的记忆，从而缓解记忆衰退现象。这样能避免引起母亲的怀疑和恐慌，也能减轻吟风照顾母亲的压力。

可是，吟风不确定自己是否有权利替母亲做出决定。记忆是母亲自己的，她有权选择自然遗忘或是通过人工手段去记住；吟风虽然是她的女儿，却无权剥夺母亲自由选择的权利。但母亲却不能知道自己的病情，吟风清楚地知道母亲一定会拒绝无缘无故的记忆上传提议；假如她知道自己的情况又会如何？吟风无法判断。

2

一到公司，吟风便被叫进主管办公室。她心下不免疑惑，方才的困意一扫而空。工作上的所有指示，历来都是主管通过网络发送，除了上次云网中断，她从未与主管当面讲过话，更别说单独会面，甚至连楼层的这个角落她都从未接近过。做好本职工作，不去多管闲事，这是 Reservoir 里不成文的规矩。

主管办公室位于楼层角落，门口的铭牌上用严肃乏味的字体写着：

人力资源部门主管　孟溪霖
Director of Human Resource Department CELINE MENG

原来主管的真名这么文艺，和她严肃的外表不怎么相符啊，吟风不由一笑，敲门而入。

主管正站在那两面成九十度夹角的落地玻璃窗前俯瞰江景，听到吟风进门，她回到桌边坐下。

"何吟风，"主管没有叫她的英语名字，而是不同寻常地用中文全名来称呼她，"你觉得最近自己的工作表现如何？"

吟风检查了自己的绩效指数，回答道："根据数据显示，我最近一个月内工作表现为一般，与往期无显著差异。"

主管双手交叉，搁到办公桌上，继续问道："那么你的情绪波动呢？"

情绪波动的监察由吟风自己所在的员工幸福指数测评小组负责，她照实回答："我最近两周内的情绪波动高于标准水平 8.5%。"

"你知道自己的工作职责吗?"主管的目光向吟风投来，经过镜片的过滤，不知为何那目光让吟风感到一丝寒意。

　　"通过检查公司员工的情绪波动，发现其工作效率变化原因，并在出现异常数据时通过人工手法进行修正，以确保员工在工作中情绪稳定，感到幸福。"吟风一字不差背出自己职位描述中的段落。

　　"那么，你明白为什么自己目前不能胜任这个职位了吧，"主管低下头，"收拾东西吧，今天办妥离职手续，Elsa会来和你交接。"

　　主管的话完全出乎吟风所料，她争辩道:"可是，我的情绪波动并没有影响到工作效率啊!"

　　主管没有看她。"你的职位特殊，任何一点主观色彩都会影响你的判断，我们不能冒这个风险，让自身情绪并不稳定的人来对全公司员工做出判断。"

　　吟风脑中炸开一片惊雷。她不能失去这份工作，她需要这份收入，母亲的病，还有肚子里的孩子。对了，孩子。她仿佛抓住了救命稻草:"我怀孕了，公司不能辞退我。"

　　"你怀孕多久了?"主管似乎早有准备。

　　吟风愣了一下，答道:"大概两个月。"

　　"按照法律，在事先不知情情况下，公司有权出于其他考虑辞退怀孕三个月内的员工，并发放相当于八个月工资的一次性补贴。当然，像我们这样人性化的公司，为员工提供不限时的休养待孕期，休养期时长以公司决定为准，休养期间给予最低补贴，但相应地，员工在等待公司通知召回期间不得与其他机构签订任何形式的劳动合同。你可以自己选择。"

接受，她将获得八个月的工资以及自由身，不接受，她会在每个月获得少得可怜的最低补助，却没法找其他工作，被困在这无期徒刑中。吟风迟疑片刻，回答道："好吧，我接受公司辞退。"

主管转过椅子，背对吟风。"你的补贴会在一周内到账，你所享受的公司福利会于一个月后终止，届时你和你的家人将不再享受公司提供的额外医疗保险。"

苦涩涌上吟风心头。她离开前，又瞥了一眼主管的发髻，依旧盘得一丝不苟，她在一个多星期前注意到的银发却似乎不见了。

3

吟风约莫半个月前得知自己怀孕的消息，她当时确实兴奋了一阵，紧接着阿诺的失约又让她郁闷，可她能确定自己的情绪波动处于正常阈值内，距异常参数值还离得很远；昨天母亲的晕倒确实让她的心境遭受了不小的震动，可今天是她在知道母亲的病后第一天来上班，还没来得及对自己的当日情绪参数做例行测定就被叫去见主管，公司管理层没有理由预见这一不稳定因素的存在。

吟风确实处于一个特殊职位之上，但所有员工的当日情绪参数都由程序测定，并由计算机绘制情绪波动曲线，出现异常时自动发出警报，吟风所要做的就是确保这一过程顺利进行，并对异常参数进行复查。她个人轻微的情绪波动并不会影响她的判断，一般而言，被判定为异常的情绪波动要高于标准水平 25%。公司没有理由因为区区 8.5% 的波动就断定她失去理性判断的能力；除非，公司通过某种途径预见到她未来几个月内情绪可能产生的更大波动，也就是说公司第一时间得知了母亲的病和吟风怀孕的消息。

每个人的医疗信息都是保密的，即使是用人公司也无权获取员工的个人医疗记录，更别提员工家属的了。吟风没有跟阿诺与母亲之外的任何人提过自己怀孕的事，母亲的病也只有阿诺与自己知道。阿诺不可能把这些讲给其他人听，凭吟风对他的了解，她断定他至少还懂得什么是不该说的，何况阿诺也是昨天才知道这两件事。母亲就更不可能泄露消息了，她至今仍躺在床上，对自己的病情一无所知，至少吟风希望如此。

难道公司读取了吟风的记忆？不，这不可能，吟风并不是记忆上传的积极拥护者，她只在必要时上传重要记忆作为备份，最近一段时间根本没有任何上传行为，公司不可能直接进入吟风的脑海读取她的记忆。母亲更是从未上传过任何记忆，她几乎就是一个与现代科技隔绝的个体。在医院工作的医生和护士都有强制保密协议制约，无法泄露关于病患的任何消息。难道是阿诺？吟风知道阿诺习惯将记忆实时上传，可阿诺也算得上顶级黑客，如果他自己的记忆被他人非法读取，又怎会无所察觉。

吟风毫无头绪，她现在唯一能确定的就是母亲青忆享受的公司员工家属额外医疗保险将于一个月后自动终止，母亲的治疗必须尽快开始，她不得不为母亲作出决定，上传她的记忆。吟风通过网络电话呼叫阿诺。

六

1

准备工作并不简单。

御云公司的数据库安保措施相当周密，即便是在公司内拥有次高级别权限的数据安全监察员陈诺也无法进入用户的私人记忆库。要进行外界干预，只能在用户上传记忆的过程中，在记忆被数字信号化之后，保存到御云公司的记忆库中之前。

阿诺编写了一个拟态记忆数据包，为自己争取到十二分钟。在记忆上传的最开始十二分钟里，这个被阿诺称为"青韵"的数据包将被发送到御云公司的记忆接收中心，数据包里填塞的均为人工合成记忆，由阿诺从公开记忆数据库和影像资料中提取随机拼凑。

这种杂乱的印象式记忆在体验性记忆实际上传过程中十分普遍，许多人的记忆中都充斥着来历不明的模糊印象，可能源自梦境，可能源自电影，也可能源自对于某本小说场景的想象，这些碎片化的印象会被归为"灰色记忆"，系统无法对其进行自动分类。灰色记忆会被保存在用户的记忆库中，日常检索却不会被触及，除非用户手动对其添加标签。

一般而言，灰色记忆的实用性很低，保密级别也较低，公安侦查案件和心理医生辅助治疗时可以申请权限调用，在日常生活中却很少有人实际用到灰色记忆。记忆在人脑中存留时间越长，就越容易退化成灰色记忆，这也是阿诺选择实时上传记忆的原因之一，他想让所有过去的记忆保持鲜活。

医用记忆上传设备很庞大，仿佛一个巨茧，将徐青忆狭裹其中，笨重却安全，能将记忆上传过程中的外界干扰降到最低，却防不住阿诺从中央控制系统切入的命令。这台设备会读取徐青忆脑海中的记忆，并将其转化为数字信号，而御云公司的记忆接收中心则会在十二分钟后收到徐青忆的真实记忆数据，并将其存储到重重加密的记忆库中。为了在这十二分钟内筛选出关键记忆片段并完成删改，阿诺在第二伊甸租用了云脑计算服务，他将借助这些临时资源完成任务。

2

倒数五分钟。云网链接正常。
倒数一分钟。医用记忆上传设备数据截获准备。
倒数十秒。"青韵"就绪。
3、2、1。行动。

如潮的回忆向阿诺涌来。
青灰色的巷子，飘着朦胧的细雨。身旁男子的衣服上有好闻的柠檬草香味，他右手打着伞，伞斜向右边。男子有着挺括的下巴，右边嘴角扬起，笑容带些痞气，却很干净。巷子里没有别的人，一路铺满苔藓的青砖，就这么延伸下去，消失在前方的雨帘中，好像消失在时间尽头。"你知道吗，青忆，"男子的声音有点沙，"我很喜欢这种天气，雨丝就好像数据流，绵延不绝，串联起过去和未来……"

闪动的白炽灯，投下的光明灭不定。桌下一地破裂的瓷器碎片。"你一定要去吗？"女人的声音。对面的男子默然。他高高瘦瘦，黑框眼镜，格子衬衫加牛仔裤。"你考虑过我和吟风吗？"女人的声音在颤抖。"这个实验可能改变人类的未来。"男人盯着地面。"不一定非得是你啊，"女人的声音带上了乞求，"求你了，别去。""对不起，"男人抬起右手拇指蹭了蹭自己的鼻尖，"我会回来的。"他转身离开，自始至终没有抬起过视线……

"我不是何语！别再逼我了好吗！"男人咆哮。他双手抱头，痛苦地摇晃，"我什么都想不起来。"向前几步，小心靠近男人，伸出双臂试图抱他。男人触电般后退，双手护在胸前，眼神充满惊恐，"别碰我，我不认识你！"衣角被扯了扯，低头看去，八九岁的小女孩，梳着两条麻花辫。小女孩走上前去，伸手环住男人的腰，叫道，"爸爸。"男人俯下身，一根一根掰开小女孩的手指，"我不是你爸爸……"

这是陈诺第一次如此完整地窥视他人记忆。

他几乎不在本地保存记忆，每次重新读取自己的记忆总会在一开始让他感觉陌生，但很快就能回想起那种熟悉感。那感觉就好像在湖面上投下一枚石子，涟漪荡开，平静的湖面泛起阵阵波纹。阿诺实时上传记忆后会同步删除本地备份，以给大脑腾出更多计算空间，进行更高效的逻辑思考。从理论上来说，本地删除的记忆不会在大脑中留下残余数据，但记忆留下的那种感觉却无法去除，只要一个引子，便能唤回。

他也时常导入他人的共享记忆，那些记忆场景对他来说很新鲜，却因经过拟真度调整显得模糊而不真实。

徐青忆的记忆带给他的感觉很特别。

她很少有清晰的近期记忆，最近几周甚至几天内的生活记忆边缘模糊，融成一团，好像在室外透过结霜的玻璃窗看向屋内，只有大致的色块，看不清具体细节。感觉最强烈、棱角最鲜明的记忆来自遥远的过去，它们似乎在漫长的岁月中被一遍遍回放，带着厚重的个人主观色彩。而这些记忆，让阿诺感到异样的熟悉，不是读取自己记忆的那种熟悉感，更像是……更像是通过他人的视角观看自己的记忆，同一场景在不同人脑海中的复演。有那么一瞬间，阿诺怀疑青忆记忆中的那个男人就是他自己，可理性马上否定了他的怀疑。这不可能，阿诺比青忆小三十多岁，而她记忆中的男人和她一般大小。

阿诺迅速从脑中清除奇怪的想法，着手寻找记忆删改的切入点。这在平时并不容易，记忆删改很容易让原始记忆拥有者产生异样感觉，可是青忆的近期记忆本就模糊，支离破碎。阿诺找到青忆从在家中醒来开始到隔天被带到医院接受所谓"检查"却进了记忆上传室的那段，裁切下来删除，并对那之前的记忆进行模糊化处理。

这还不够。删改只是为了让青忆忘记记忆上传的事儿，阿诺还有更重要的目标。他又调出一段代码，在青忆被读取的记忆信号下埋进一块蒙版，蒙版上植入了对于陈诺这个个体的正面印象。这回，丈母娘想不喜欢他都难。

完成。

阿诺的意识回到现实，他发现自己手心沁出了汗。

吟风焦急的脸庞凑上来："怎么样？"

阿诺比出 OK 的手势，说道："没问题。"

"我看仪器的指示灯灭了，可你这边过了十多分钟还是没有动静，差点以为你失败了。"吟风无不担忧地说。

阿诺右边嘴角上扬，牵出一个微笑。"你还不相信你的男朋友么？"说着，他搂过吟风，给了她一个吻。

七

1

母亲还睡着。

吟风不记得自己有多少年没有像这样守在母亲的床边了。她的皮肤松了皱了，曾经白皙的肤色酿出淡淡的黄，就像在衣柜里挂久了的白衬衫，没收纳妥当，起皱泛色。吟风记得母亲年轻时的眉毛很好看，像是用紫毫蘸了墨轻轻画上的，可如今她的眉毛稀疏杂乱，眉头紧锁，她微微抿嘴，嘴唇薄而淡。母亲是在做噩梦么？

记忆上传完成后，趁母亲还没醒，吟风直接把她送回家。阿诺被吟风遣走，她不想母亲醒来就看见两人围着自

185

己，太容易起疑。可她心里依旧没底，阿诺的办法管用么？

不是吟风信不过阿诺，她知道自己的男朋友技术了得，不然也不会当上御云公司的首席数据监察员。但吟风依旧害怕，父亲的记忆就是这么丢失的。尽管吟风无数次劝说母亲如今记忆上传技术早已成熟安全无风险，内心深处的担心却只有她自己知道。从理性角度来看，记忆上传的风险确实已经降低到了无限小，这项技术商用化十多年来，很少曝出负面新闻。吟风想，也许父亲是这项技术第一位也是唯一一位献祭者，就像古时的宝剑，总要用鲜血来祭，而后便无往不利。父亲的事故像一根鱼刺，似乎早被吟风用白饭送进腹中，喉咙口的瘙痒却久久不歇。她不怕一万，就怕这不足万分之一的概率。阿诺对母亲上传的记忆进行了人工干预，是否会增加事故发生率？

"语……"吟风被母亲的嘟囔惊到。她翻转身子，侧向右边，双腿蜷起，两手收在心窝，并没有醒。

母亲还是忘不了父亲。吟风想起自己中学的初恋男友，也是个技术狂人，像阿诺那样，像父亲那样。他叫什么来着？吟风想不起来。她的初恋始于十六岁的夏天，她记得初夏躁动郁热的天气，记得紫藤花架下那个绵长的吻，她很笨拙，不知该如何回应，只是呆呆地站在那儿，在汗湿的拥抱里接受对方探出的舌头，触感粗糙却有力。初恋男友靠帮人写程序赚钱，高三就攒够钱给自己装上了植入式接口，他上传自认为不重要的记忆，需要时再从云端调用。植入接口后，他每次见到吟风都会愣上十秒，等到加载完关于她的记忆，才展开笑容伸手拥抱。不久后，吟风撞见他怀里搂着另一个女孩，见到吟风后愣了二十秒，尴尬地笑笑，若无其事搂着女孩走开，头也不回。吟风回家后扑进母亲怀里哭了很久，母亲拍着她的背，自己也哭了起来。

自那以后，吟风交往过很多男友，形形色色，很难归纳共同特点，交往时间都没超过半年。她总是很快陷入一段新的感情，又在短时间内发现对方的无趣。她从心理系本科毕业后，去欧洲过间隔年，边打工边旅行期间，吟风遇上了Janis。那个拉脱维亚汉子让她第一次觉得找到了永恒的爱。整整五个月里，他们背着行囊走遍半个欧洲，一同跳进沐浴着落日余晖的波罗的海游泳，俯卧在悬崖之上拍摄峡湾，在绚丽的极光下深情拥吻。可是最终，他消失在森林中，留给吟风一个月的身孕。吟风至今无法确定 Janis 消失的原因，是遇险了还是厌倦离开？他走之后，吟风才发现自己根本不了解他的身世，正如她不了解拉脱维亚的历史。

吟风回到他们相遇的地方——赫尔辛基，申请了北欧几所大学的组织行为学硕士，她一边等待申请结果，一边等待孩子的降生。吟风等来了赫尔辛基大学的录取通知书，却在一步踩空后滚下楼梯，丢掉了孩子。医生告诉吟风，她以后很难再怀孕。她消沉了很久，反思自己过往的感情，讶异于自己的不慎重。她潜心于硕士研究，年年拿下全奖。一直到毕业后回国工作，很长一段时间里，吟风都没陷入过新感情中，直到她遇见阿诺，这个被母亲打上黑叉的极客。她和阿诺在一起时有矛盾，但大部分时间却感到踏实，与极客相处本不容易有安全感，可她相信阿诺是真的想要一个家。她爱阿诺，甚至可以不顾母亲的反对。她相信阿诺也爱她，更何况，她怀上了他的孩子。她今年二十八岁，这可能是她最后一次怀孕。

床上的母亲又翻了个身，缓缓睁开双眼。

"妈，你醒啦？"吟风急急问道，"医生说你是低血糖，先别急着起来，在床上多躺一会儿，我给你拿点吃的。"

母亲睁大双眼盯着吟风，像没听懂她的话，她的眼神清澈无辜，宛若孩童。片刻后，母亲号啕大哭起来。

2

绵延不断的数据流如雨般落下。周遭是茫茫灰白，没有景物，没有生命。他站在灰白当中，透明的数据流泛着金光，远处的字符看不真切，近处又落得太快。他抬头，试图捕捉一些线索，0和1闪过，从他的头顶落到脚下。得让它们停下来，他想。他向前走了几步，想要跨进数据帘幕，出乎他的意料，没有劈头砸下的数据流。数据帘幕在他前进的方向分开，又在他身后汇合，他的头顶永远是一片空白。他加快脚步，他跑了起来。他想要冲进数据帘幕，想要0和1落到他身上。可是没用，他就像被锁进一道光柱，数据流遇见这光柱便消散无形。他越跑越快，脚步快要跟不上他前进的速度。一个趔趄，他倒在地上。

地上积水，水塘映出他的倒影，他看见水塘中自己的狼狈模样，被雨打湿的头发紧贴在头皮上，雨水顺着脸庞轮廓流下。他甩了甩头，想甩掉脸上的雨水，倒影中的男人却没有动，他停下动作，想要仔细看看倒影中的男人，那男人却抬起右边嘴角，邪邪笑了起来，他跌进倒影前最后的印象是男人挺括的下巴。

一对母女的背影，母亲牵着女儿，迎着夕阳缓缓行走。女儿回过头来，不过八九岁光景，她伸出空着的那只手，朝他挥挥，嘴里喊道："爸爸，快点快点！"母亲也回头，朝他挤出微笑，不知为何那笑容有些无奈和凄凉。他张开嘴，想说些什么，声音却堵在自己的喉咙口。"我不是你爸爸……"夕阳把母女俩的影子拉得无限长，他陷进影子，就像陷进泥潭。

"你看，连我的影子都变胖了。"女子娇嗔道。他从背后环住她的腰腹，得伸长胳膊才能勉强结成环。"那有什么关系，我不是一样能抱住你，"他看看地上的影子，自己要比怀里的女子高上一头，"而且，这是三个人的影子啊。"女子在他的环抱中努力转过身，含情脉脉看着他的眼睛。他轻声呼唤"青忆……"，微微侧头吻下去，堵住她嘴里的"语"字。

……

陈诺听到一阵紧密的鼓点，这是他为最优先级事件设置的提示音。一夜的梦魇拖住他的意识，不让他清醒。鼓点愈来愈密，愈来愈强。床头被伸缩支架抬了起来，抵达临界点后猛地下沉。阿诺的头重重撞进厚实的枕头，他醒了过来。

是来自吟风的通讯请求。阿诺迅速接通。没有图像，传来的只有吟风焦虑的声音："快来，妈的情况不大对。"通话被切断，阿诺还来不及回答。

他从床上跳起来，一边穿衣服一边调出相关情报。这两天他都忙着准备徐青忆的记忆上传，整整四十四小时没沾过床。上传结束后，他把吟风和青忆送回家，立刻马不停蹄回家，将吟风的通讯请求设为最优先级，倒在床上的刹那便进入梦乡。记忆上传的事故率接近于零，只有删改部分可能出岔子。阿诺反复检查过方案的可行性，模拟运算不下五遍，以确保任务的万无一失。没想到还是出了问题。

3

吟风打开门，一把将阿诺拉进厨房，关上门压低声音说道："妈有点不大对，醒过来看见我就哭，我好不容易哄好她，帮她穿上衣服，这会儿她正在客厅沙发上玩……"她迟疑一下，"玩娃娃，我小时候留下的。"

阿诺迅速检索比对了阿兹海默症各阶段的症状。计算能力明显下降，失去选择适当衣服及日常活动之能力，走路缓慢、退缩、容易流泪、妄想、躁动不安，中度阿兹海默症，智力退化为五到七岁儿童的程度。他心头一沉，难道自己的删改反而加速了徐青忆的病症恶化？

他强作镇定："我去看看。"说着就往门外走去。

吟风拉住他，叮嘱道："小心点，别吓到她。"

阿诺点点头，推门走向客厅。他尽量从远处起便进入青忆的视角，踏出重重的步子好让她听到，直到离她三步远，青忆依旧没有抬头，只是专心摆弄着手里的娃娃，不时发出一声憨笑，从神情到动作，都仿若幼童。

阿诺停下，轻咳一声。

190

青忆抬起头。她的眼神先是疑惑，随后转为惊喜，她丢下手中的娃娃，扑向阿诺，扯住他的手臂蹭上去。青忆比阿诺矮上一头还多，她踮脚仰头，嘟嘴发出"啵啵"的声音。

阿诺见状忙向后退，青忆却不依不饶，咧嘴笑道："阿语阿语，你终于回来了……"

又是何语！阿诺心里暗骂见鬼。

"妈！阿诺！"

陈诺扭头，正对上吟风惊讶的表情。

4

等吟风忙完坐定，已是下午三点。

青忆醒来后心智似幼童，还把阿诺当成父亲何语缠住不放。吟风还来不及从这变故中回过神，便被青忆的叫饿声和阿诺肚子的咕咕声逼得张罗午饭喂饱他们。这座城市的外卖网络相当完备，24×7的送餐服务让她坐在家中不动就能享用热气腾腾的新鲜食物；可吟风还是选择出门买菜，她不愿在家看着母亲紧紧搂住自己的男友，好像小孩抱住心爱的玩具，好像少女依偎久别的恋人。

吃过饭后，青忆又困了。吟风千方百计把她哄上床，可青忆仍抓着阿诺的手不肯放。他递给吟风一个无奈的眼神，示意她先去休息。

究竟是怎么回事？吟风在客厅沙发上长叹一口气。最近几天她的生活乱作一团，先是母亲被确诊患有阿兹海默症，再是自己被公司开除，现在母亲又变成了需要照顾的小孩。吟风摸了摸自己的肚子，难道往后她需要照顾两个孩子？倒是母亲对阿诺的态度，由一开始的反感排斥变成如今的喜爱有加，真是种讽刺。看来无论这些年来母亲如何回避关于父亲的话题，无论她如何埋怨，她还是从心底记挂着父亲，爱着父亲啊。

茶几上随意摊着不知多久前的报纸，边角微微蜷曲，纸面上印着几块暗褐色斑渍，大概是母亲不慎打翻的茶水。这个时代，也只有母亲这样传统的守旧主义者还会订阅纸质报刊，那是她了解外面世界的一贯方式。

吟风拿起最上面那份报纸，随意翻阅。虚拟偶像的花边新闻占据娱乐版面，以完美为标准塑造的虚拟偶像终究抵不过世俗的同化，沾染上人间烟火，堕入凡间；社会版大篇幅发文，探讨当前社会保障体系尚不能完全解决日益尖锐的城市孤老养老问题，依靠现代技术与云网普及的智能化群体养老方案浮出水面；科技版上计算机科学家与脑神经科学家再度联手，攻坚继记忆数字化之后的意识数字化难题，若成功有望再夺诺奖……吟风扫过一行行大字标题，她订阅的网络新闻偏重文化类，这些报上的"旧闻"很少进入她的视野。突然，财经版上一则报道引起她的注意。

互联网金融公司 HMC 低调易主，国内记忆云行业老大御云或布新局

本报讯，御云公司昨日发布公告，称以 94 亿美元完成对 HMC 的收购，包括 13 亿现金和大约价值 81 亿的股票。作为国内记忆云行业老大，御云公司自创建以来便专注于记忆上传、存储与分享业务，构建了云网时

代的庞大记忆云。此番收购老牌互联网金融公司 HMC，或将重新寻找记忆云与互联网金融新的结合点，为其业务拓展布下新局……

HMC……如果吟风没有记错的话，HMC 恰恰是她所就职，或者说曾经就职的 Reservoir 的最大股东。她翻回报纸首版查看出版日期，两周以前。这意味着，两周来实际掌控 Reservoir 的是御云公司，公司间的并购往往会带来裁员等调整，虽说被收购的是 HMC，难保不影响到 Reservoir。也许该找阿诺问问……

一个人形重重摔到吟风旁边的沙发上。

"呀！"吟风的惊叫声被一根手指堵在嘴边。

"嘘，"阿诺压低声音，"我好不容易趁你妈睡着松开手才溜出来，别把她吵醒了。"

吟风点点头。"难为你了。"语气中藏着她自己都能察觉到的淡淡醋意。

好在阿诺并未注意，他伸展开四肢，把身体和沙发的接触面积扩展到最大。"你妈似乎把我当成了你爸。"

"嗯……"吟风不愿多说，她有别的事儿要打听，"对了，你们公司收购 HMC 的事情你听说了么？"

"啊？"阿诺顿了一会儿，大概是在检索资料，"有了，御云最近几年一直在秘密增持 HMC 股份。两周前，御云公开宣布收购 HMC。怎么了？"

"没什么，我只是在想，我被辞会不会和御云收购 HMC

有关。HMC 是我们公司的大股东。"

"唔……"，阿诺又停顿片刻，方才开口，"御云并没有公开收购 HMC 之后的战略规划，我回公司帮你查查内部资料吧。"

吟风给了阿诺一个虚弱的拥抱。"谢谢。"这是她今天第一次觉得他仍属于她。

八

1

到底是哪里失误了呢？删除记忆时刺激到了脑神经？模糊处理做过了？还是态度蒙版的模拟演算出了问题，导致排异现象产生？阿诺从没怀疑过自己的能力。自他接触编程语言以来，它就成了他母语般的存在；从经典的 C 和 Java 到流行的 Cloud# 和 UniversAL，阿诺熟练掌握多门主流计算机编程语言，它们适用于不同平台，核心算法却共通。他用 Cloud# 编写了丢给御云记忆接受中心的青韵，用 UniversAI 写了埋进青忆记忆的态度蒙版。他反复核查过可行性，也进行过错误模拟，也许这只是一个意外。

从结果来看，阿诺成功了。青忆对于自己的记忆上传并没有任何觉察，她对阿诺的态度也确实变好了。只是，她没有觉察的事情有些过多，态度好得有些过火。阿诺没有想过失败的后果，他确信自己会成功，如今只是成功得有些过分。

最初的惊诧过后，青忆的转变并没引起阿诺多大的忧虑，毕竟她没法再反对自己和吟风的事儿了，不是么？此刻更让阿诺在意的是那个叫何语的男人，徐青忆的丈夫，吟风的父亲，记忆上传之路上的献祭者。青忆的记忆中充斥着与何语有关的片段，阿诺昨晚的梦中交织着何语鬼魅般的存在，而心智退化后的青忆更是将阿诺当作何语本人。他必须得查清楚。

2

在御云干技术活儿的好处就是能自主控制上班时间。阿诺到公司的第一件事就是钻进自己的胶囊隔间接通量子终端，开始检索分析一切有关何语的情报。当然，他也没忘记匀出 20% 的运算量执行吟风交付的任务：挖掘御云收购 HMC 之后的战略调整，调查事件与吟风被辞的内在联系。

数以亿计包含"何语"字段的搜索结果在阿诺眼前筑成一堵墙，直通天地，贯穿东西。阿诺添加了"姓名"这一限定条件，墙面收缩了一些，虽然还是很大，却已能看到边缘。他将时间限定为最近五十四年，排除掉何语出生前的无用信息，又通过智能鉴定删掉性别为女的、非中国国籍的、生活在其他城市的……墙迅速瓦解重组，它更小了，也更近了，阿诺能看到墙面上隐隐闪着光的纹样，由横竖撇点勾折构成的"何语"二字。阿诺下达指令整合重复或相似信息，墙上的砖块开始新一轮移动，其中一些脱离墙所在的平面，叠到其他砖块之后。很快，阿诺面前剩下的就只剩一张信息挂毯，他浏览起这些筛选后的信息。

比起徐青忆来，何语要高调得多。他出生于五十四年前，狮子座，AB 型血。何语是本地人，自小便在计算机编程方面展露天赋，一路凭借计算机特长免试升学，可惜他的才华也仅仅止于此，曾两度随队参加 ACM[1]，均未夺得名次。何语不只满足于编写代码，他追逐技术潮流，热衷于体验各种最新电子设备，还开了个测评博客；他也活跃于各大论坛和社交网站，关注者人数达数万，算是个网络红人。何语是徐青忆大学期间的学弟，他认识她后便对其展开了疯狂追求，一时在校园内引起热议，事迹甚至上过 BBS 十大；何语硕士毕业后与徐青忆结婚，一年后诞下一女，取名何吟风。婚后的何语没有多大变化，依旧活跃于网络，并在体验性记忆数字化取得阶段性成果之初，便公开表达支持与关注，课题组招募志愿者时也成为最先一批报名的申请者，随后成功当选为第一位志愿者，也是人类历史上第一位尝试记忆上传的勇士。可惜，实验失败了，不仅何语的记忆没能成功数字化存入外部存储设备，他脑海中的原始记忆也消失不见。事故原因至今不明，课题组给出的解释也含糊其辞，媒体普遍猜测是由于课题组的粗心大意忘记备份而导致事故。失去记忆的何语被送回家中，一个月后不明失踪。警局有徐青忆的报案记录，可二十年来，警察并没能找到那个曾经叫

---

[1] ACM：ACM 国际大学生程序设计竞赛（ACM International Collegiate Programming Contest，ICPC）是由美国计算机协会（ACM）主办的年度竞赛。

做"何语"的男人,"何语"被宣告失踪。

失忆和失踪又如何?何语的名字被载入史册。单凭他志愿参与体验性记忆数字化实验的勇气,何语就够格称得上是男人。阿诺想,如果自己处于那个时代,恐怕也会做出同样的选择,这可是无上的光荣啊。与这光荣相比,记忆又算得了什么?丢了也可以再造。阿诺打心底里赞赏何语的行事风格,如果他还在,一定会支持自己和吟风在一起吧。

假设并没有用。阿诺进入了何语的实名认证 SNS[1] 主页,他分享诸多各领域的文章视频,看来兴趣广泛,但除了计算机外没一样精通;他的状态多而潦草,时常出现错别字,不拘小节;前几分钟状态里还在说想去哪儿吃什么,不出多久就会发布食物照片,是个彻头彻尾的行动派……阿诺觉得何语的性格跟自己真还有点像,如果他们认识,绝对会成为好哥们。

阿诺猜测何语像自己一样,除了实名的 SNS 主页外,一定还有其他匿名活跃的站点。阿诺用何语的注册邮箱、用户名、昵称进行不同组合,加上主流邮箱后缀,命令量子终端进行智能检索。

等待结果的同时,阿诺决定休息一下,他点了一杯咖啡,断开大脑和量子终端的连接。冒着热气的咖啡等在饮料机中,无糖,加奶,终端一向记得他的口味。阿诺喝一口咖啡,开始审阅 2 号任务的结果报告。御云公司在收购 HMC 后没什么大动作,人才战略方面的指示为"采取温和保守

---

[1] SNS: Social Networking System,社交网站。

策略，暂时保持 HMC 独立运营，以避免并购过程中发生的人才流失"，收购并没有造成 HMC 裁员，更别提仅仅是为 HMC 控股、一直都保持独立运营的 Reservoir 了。报告显示，御云收购 HMC 与 Reservoir 辞退吟风之间的相关系数为 0.35%，无可推断联系。

他把报告通过个人邮箱发送给吟风，加上一个无可奈何的表情，再次接入个人量子终端继续 1 号任务。

果然，量子终端找到了何语在第二伊甸的匿名账号，用户名为"雾中人"。阿诺的智能备忘提醒了他那个名为"清雾"的任务，又是雾，他将那个任务的关注度调整为"高级"。

何语在第二伊甸的个人主页由对比鲜明的金红色块组成，极具视觉冲击力，却又简洁大气；他的等级达到了赤金，这几乎是不可能的任务，看来他在第二伊甸上花了不少时间，参与完成的任务数以千计。阿诺调出"雾中人"的参与任务历史列表，最近一次任务是在——两个月前！这怎么可能？何语不该在二十年前就失忆了么？失忆又如何能登录第二伊甸？难道是生物信息认证？不，不可能，按照吟风对他消失前状态的描述，何语对丢失的记忆并无留恋，即使是在第二伊甸，也该重新注册账号，而不是沿用过去那个"何语"的身份。莫非有人盗用何语的账号？这种可能性也很低，毕竟第二伊甸的安保措施在阿诺见过的网站中算得上完备，何况，盗用这个账号有什么好处？为了那块虚拟的赤金奖牌？

阿诺屏住气息继续看下去，在过去二十年间，"雾中人"

完成了 328 件大大小小的任务，他似乎不挑剔任务级别，而且往往选择独自完成，很少与人合作。怪不得他拿得下赤金，阿诺松了口气，原来并非何语，或者说这个"雾中人"比自己能干，而是他多了二十多年时间。阿诺将时间轴移到何语失忆之前，他失忆前接的最后一项任务名为"AP 计划"，阿诺选择查看任务详情……

一阵眩晕，阿诺甩了甩头，面前不再是"雾中人"那金红配色的个人房间，而是阿诺自己的胶囊隔间，狭小昏暗。大脑与量子终端的连接被强行中断，毫无缓冲。怎么回事？阿诺用植入式接口连接网络访问第二伊甸，查找用户"雾中人"，得到的结果却是——"404 Not Found"。

九

1

吟风在母亲家的次卧中醒来，感觉浑身酸痛，也许因为前一天忙里忙外，也许因为陌生的床垫不够柔软。陌生。吟风三岁开始和母亲分房睡，她在这张床上睡了十五年，直到读本科离家住校，随后出国读研，回来工作又独自租房，如今，她反倒觉得这床陌生，如同离开襁褓的婴孩，再也无法习惯温暖的束缚。

她吩咐移动终端查收信息，个人邮箱中躺着两封未读邮件，一封来自阿诺，他的调查没有结果，看来吟风被辞与

HMC 易主没有联系，至少没有看得到的联系。另一封邮件来自 Reservoir，公司为何还会给自己发邮件？难道还有没办妥的离职手续？吟风在疑惑中点开邮件，正文被智能手表投影到对面的白墙上。

是 Reservoir 法务部发来的。

尊敬的何吟风女士，

我谨代表睿思库有限公司（Reservoir Limited Corporation）法律事务部，提醒您注意以下事项：

作为睿思库有限公司（Reservoir Limited Corporation）的员工，无论是在公司工作期间还是离开公司之后，都必须保证不向外泄露公司机密，不做出任何有可能损害公司利益的行为或进行相关尝试。根据公司员工管理办法，若公司发现现任员工行为不当，将有权采取包括但不限于警告、罚款、撤职等惩罚措施；若公司发现离职员工行为不当，将有权采取包括但不限于警告、法院起诉等防卫措施。该条规定在您与公司签订的劳动合同第 26 条中有详细阐述。若您对此有任何疑问，请查阅合同，或及时与本部门联系。

此函仅为提醒，不具备任何法律效应，最终解释权归睿思库（Reservoir Limited Corporation）所有。

吟风没有看落款，怒气像一缕烟，从她心底蒸腾而上。先是被莫名辞退，如今又是这毫无缘由的"提醒"，这就是 Reservoir 对待员工的态度。吟风自认没有做过任何对不起公司的事儿，这几天，她为母亲的病忙得不可开交，除了失去判断能力的母亲，这两天唯一和吟风讲过话的就是阿诺，她怎么可能向阿诺泄露公司机密？

等等，难道是因为她让阿诺帮忙调查御云收购 HMC 的事儿？可是，Reservoir 没理由知道啊，即便阿诺调查中不慎被御云觉察，即便御云确实和 Reservoir 有某种联系，他们也没可能知道这是吟风的委托。除非他们监控了阿诺的记忆。

记忆监控。这想法让吟风不寒而栗。阿诺为御云工作，他习惯将记忆实时上传，上传后的记忆理所当然储存在御云的记忆库中，御云当然能轻而易举读取员工上传的记忆，不，不止是员工，而是所有选择御云记忆库的用户。吟风不愿相信这可怕的猜想，这其中牵扯的利害关系超乎她的想象；可如果成立，一切都能得到解释。阿诺知道吟风怀孕的消息，也知道吟风母亲的病情，御云由此推断出吟风的情绪会发生大幅波动，并授意 Reservoir 辞退吟风；同样，吟风拜托阿诺调查自己被辞的原因也逃不过御云的监控，所以 Reservoir 才会发来这所谓的"提醒"。可是，吟风一个人的情绪波动又能对 Reservoir 造成多大影响？这盘棋很有可能更大，水面并不如看上去那么平静。

吟风的斗志被激起，她是真的火了，她偏不愿做被随意摆弄的棋子，无论对手是谁，吟风决定陪他们玩下去。首先，她必须查证自己的猜测，然后找机会提醒阿诺。

2

"吟风，怎么……"阿诺打了个深深的哈欠，三维立体成像逼真地再现了他臼齿上的蛀斑，"怎么啦？"

"我今天早上才看到你的报告，"吟风抿了抿嘴，"还有Reservoir 法务部来的邮件。"

"什么？"阿诺看上去清醒了几分。

吟风垂下视线，又抬起迎向阿诺。"提醒我不要泄露公司机密，否则会惹上官司。"她很庆幸大学那几年在话剧社没有白混，她微微蹙眉，盯住阿诺的眼睛，摆出小心试探又带点怀疑的表情，问道："你，我是说，你有没有把我跟你说的话告诉过别人？"

阿诺瞪大了眼睛。

"当然我不是说怀疑你什么的，只是为了确认。"吟风赶紧补上一句。

"绝对没有！"阿诺赶紧摇头，"我怎么可能和别人说？我能和谁说呀！"

"那就好，"吟风顿了顿，作出更犹豫的样子，轻轻咬了咬下唇，"那你知不知道，御云有没有什么员工保密措施？"

阿诺大舒一口气。"当然有啦，我们公司好歹保存了上亿客户的私密记忆啊，怎么可能没有保密措施，所以我不能和你谈论过多公司事务，不然我也会惹上麻烦的，不过你要是……"

"够啦够啦，"吟风赶紧打住阿诺的话头，"我不是要刺探贵公司的机密。我只是觉得奇怪，为什么会收到Reservoir 的提醒，我既没跟你讨论 Reservoir 的人才战略，也没提过员工幸福指数测评的算法，连薪酬都没透露过。我就是想不通，我到底哪里泄露公司机密了？"

"安心啦，"阿诺耸了耸肩，"说不定这只是例行提醒，他们会给每个离职员工发上一份，就像卸载软件前的确认一样。"

差不多了，吟风想。"嗯，那好。你今天会来么？我有话想当面跟你说。"

"行，等我半小时……"阿诺又打了个哈欠，他赶紧捂嘴。

"你还是多睡会儿吧，"吟风嫣然一笑，"我也得起床收拾收拾打扮一下啊，顶着黑眼圈可没法见你。"吟风俏皮地眨了眨眼。

"怎么会，吟风女神永远都美丽迷人！"

"好啦好啦，你快去补觉吧。我得起床了，一会儿见哟。"

吟风切断视频通话。

邮件在十五分钟后来到。这回是 Reservoir 的正式警告，可作为具备法律效应的根据。

> 若无视睿思库有限公司（Reservoir Limited Corporation）的相关规定，执意进行包括但不限于泄密在内的可能损害公司利益的行为，公司将依法提起诉讼。

吟风轻轻念出这句话。她猜得没错，阿诺的记忆确实被监控了。呵，执意进行，如果你们不知道呢？

十

1

阿诺敲开门后，被吟风一把拉进次卧。

"嘘，"吟风右手食指压在阿诺唇边，"妈还在睡呢，别吵醒她。"她手指的触感柔软，让他忍不住想一口咬住。

阿诺点点头："你说有话要跟我说……"

吟风吻了上来，舌尖撩拨着他的唇齿。她身上的香味随发丝一同绕上阿诺鼻尖，他有点想打喷嚏，却忍住了，探出舌头热切回应着她的吻。他轻轻环住她的腰，她的身子圆了些，是怀孕之后长的肉；吟风曾经很瘦，现在依然离丰满差很远，有时候阿诺会觉得女人还是胖些好，抱起来才有实感。吟风用指尖逗弄他的耳垂，沿着脖颈一路下滑，抚上他的心口，她的动作和气息将他引向床边。他带着她缓缓倒下，生怕压到她的腹部。她的吻愈发缠绵，身体在他怀里微微扭动，阿诺被蹭得发痒，他的呼吸粗重起来，体内的火燃烧起来，手指爬上她的衬衣纽扣。

她按住他的手，倾身将嘴凑近他耳边，呼出的热气钻进他耳朵，钻进他的心。"关了实时上传，我要你用心记住这一刻。"她压低的声线有点沙，却有别样的性感。

"嗯，听你的……"阿诺停掉记忆实时上传，他想了想，保留了访问过往记忆库的功能。

他欲继续手上的动作，吟风却不松手，而是再次确认："关了么？"她声音里有几分急迫与兴奋。

阿诺将手指埋进她的发丝，吻了吻她的前额。"放心，一切都听你的。"

吟风浅浅一笑，推开阿诺坐起来，随手抓了抓翘起的头发，声音也恢复了常态。"安全了，坐起来说话。"

阿诺心头似被浇了一盆凉水。"怎么啦？"他躺在床上没动。

吟风拖起他靠到床头，盯着他的眼睛，一字一顿认真说道："我怀疑你被监控了。"

"什么？"阿诺一头雾水。

2

吟风讲完她的推理，阿诺陷入深思。他从没怀疑过御云记忆库的安全性，他是这座宝库的守卫者，他和同事们能阻止所有外来侵入，不让公司记忆库内的数据落入他人之手，但他却从没想过公司自身的权限有多高。如果公司能够监控员工记忆，为什么不能窥视所有普通用户存储在御云记忆库的私密记忆？

阿诺从五岁开始上传记忆，二十岁起进入御云实习。公司从何时开始监控他的记忆？目的又是什么？为了维护公司利益？为了国家安全？他想起被自己加上"秘密"标签的那些记忆。六岁时为探究猫从高处落下能安全着陆的真实性，他抱着母猫刚下的崽子一步一步爬上楼梯，阳光从通往天台的门撒进来，在阶梯上断成一截一截；九岁入侵城市交通信号灯系统，红红绿绿的信号灯闪烁不停，他突然兴起将所有信号反转，窗外传来的汽车刹车声尖锐刺耳，随即的碰撞声几乎震破他的耳膜；十四岁他和人打赌，在月光下吻了校长的女儿，她脸上的青春痘暴起出脓，她嘴里的气味像腐烂的菜叶；十七岁他第一次跟人走进发廊，挑了一个沉默的姐姐，在她的指导下学会如何当一个男人；三天前他在徐青忆的记忆下埋入自制蒙版，从而改变她对自己的态度……这些都在公司的监控之下，他不再有秘密，他从未有过秘密。

"阿诺，阿诺？"吟风在准他。

"嗯？"他回过神来。吟风晶亮的眼睛透出关切。他对吟风母亲记忆动的手脚，御云也都知道。

"你没事吧？"

他摇摇头，"没事，只是……需要一点时间。"如果吟风知道了，会怎么样？

"那接着刚才的说，我觉得御云、HMC 和 Reservoir 背后肯定有什么秘密，自从上次云网断裂后就状况不断，御云收购 HMC，你的记忆被监控，我被辞，说不定连母亲的病突然恶化都与此有关。敢不敢和我一起调查揭露真相？"

云网断裂，他闭上眼睛回想，云网断裂之后似乎有什么人跟他说过什么奇怪的话，他没有那段记忆的备份。云，什么和云有关……是云雾！清雾，雾中人，线索都连了起来！

阿诺睁开眼睛，答道："我有线索。"

3

"你是说我爸还活着？"吟风忍不住惊叫。

阿诺摇头。"是'活跃着',而且也不一定是你爸。我们无法确定使用何语在第二伊甸的账号活跃着的是否是他本人,同样无法确定曾经作为何语的个体是否还活着,"他顿了顿,补充道,"无论是从生物学角度来说还是从心理学角度来说。"

吟风根本听不得这些解释,父亲,拥有父亲记忆的父亲可能依然活着的消息让她激动万分。"可你刚才也说第二伊甸的安保措施很严,别人也没理由盗用我爸的账号啊。"

"这可不一定,"阿诺调整坐姿,双臂环抱屈起的左膝,"有很多种可能,也许有人想借你爸的身份调查他曾经参与过的秘密任务,也许他的记忆被数字化后并没有丢失而是成了活在赛博空间中的意识,也许你爸当年不慎知晓了某个阴谋只是假装失忆以逃避追杀……"

"行了行了,怎么越说越玄乎了呢,"吟风打断阿诺,"也许单纯只是他找回了过去的记忆。"

"那他为什么不回来找你和你妈?"

"因为……"因为父亲已经有了一个新家庭?因为他不想搅乱吟风和母亲的平静生活?因为他觉得没有必要?吟风答不上来。

"放心,我会帮你查出来的。"阿诺重又靠到床头,伸手揽过吟风的肩。

那一瞬间,吟风鼻子有点发酸,方才誓要揪出幕后黑手的豪气化作一腔愁绪,她发现自己最近的情绪波动确实陡峭迅疾,此时此刻,她只想躲进阿诺怀里,任外面的世界风再大雨再大,她也有这一块能够遮风挡雨的荫庇。

一声巨响，什么东西碎裂的声音。随后传来哇哇的哭声。

吟风丢下一句"我去看看"，便冲出次卧进到主卧。

青忆坐在床边，身旁是碎了一地的台灯，灯泡仍旧完好，射出的光斜斜打在灯罩碎片上，宛若碎裂的琉璃瓦。她哭得撕心裂肺，左手抹着鼻涕眼泪，右手手掌的一角被鲜血染成殷红。

吟风急忙上前半扶半拖拉青忆起来，将她带离事故现场安置到客厅沙发。她记得以前医药箱被青忆收在厨房的挂橱里，她探手一摸，果然还在。

吟风回到沙发前蹲下，轻轻捧起青忆的右手，她的手比以前瘦多了，粗糙的皮似乎跳过肉直接包着骨头。吟风嘴里说着"不哭不哭"，拿酒精棉花擦拭伤口周围，小心翼翼避开伤口。伤口不深，却很长，两侧的皮微微翻开卷起，能看见下面粉红的肉。青忆的药箱里只有老派的急救药品，吟风拿纱布给她简单包扎。

青忆差不多止住了哭，间隔很久才轻轻吸一吸鼻涕。受伤后的青忆反而变乖了，不再使劲反抗，只是撇着嘴看吟风包扎，大概是在忍着痛。

吟风抬头望她，母亲的容颜老了，表情却像孩子，她不禁伸手拂去青忆眼角滚落的一颗泪珠。若是上天安排这场意外，给吟风一个机会回报母亲的养育之恩，倒也罢了；若是御云或者别的谁在使坏，休想好过，吟风握紧拳头。

语音消息提示，是阿诺。"怎么样？我能出来么？"

吟风站起身，径直走进次卧，身子抵在门框上，歪头对阿诺说："起床，陪我们去趟医院。"

"医院？"阿诺的瞳孔瞬间放大，"去查阿兹海默症突然加剧的原因么？"

"当然不是，妈划破了手，家里药箱的药品都太落后了，得去医院处理一下，"吟风狐疑地看了阿诺一眼，"不过，阿兹海默的事情确实也得查查。走吧，有你在，妈会安生点。"

阿诺深吸一口气，乖乖下了床。

十一

1

虚惊一场。医生没能查出青忆病情加剧的原因，只说可能是记忆上传过程本身对脑部造成刺激，使之加速病变。阿诺不禁为自己先前的担心感到好笑，凭他的能力和手法，怎可能会露出马脚。

哄完又哭又闹不肯放手的青忆，阿诺好不容易回到自己家，他订购的量子存储器已经到了，从他下单网购到送货运达不过仅仅半天。

御云会监控记忆，难保不会删改记忆。如果连自己供职的御云都不能信任，又有哪家提供记忆存储服务的公司可以信任呢？虽然不情愿，阿诺也不得不采取最原始的办法，在本地备份记忆，效率虽低，却是目前看来最安全的办法。只是，量子存储器有限的容量远远不足以存下阿诺的所有记忆。

自从记事以来，阿诺就一直依赖记忆云存储记忆。无限制的存储容量，方便的分类存储和标签检索功能，再加上云网的超高带宽保证了上传下载速度，记忆云就好像阿诺的第二个大脑，无处不在的、无形的大脑。阿诺所做的每一个决定，每天每小时每分钟的行动，全都取决于这些"记忆"。如果他的体验性记忆数据全部丢失，他会不会也像何语不认识徐青忆一样忘记吟风？

阿诺想到自己的数据在他人掌控下就不舒服，即便这他人是自己服务了多年的雇主。他买下十块市面上可见的容量最大的量子存储器，这些空间却只能装下他 17% 的记忆；想出办法之前，他只能随身携带这十块存储器，藉由移动终端架构一个小型私密局域网，使得这些记忆同在云端一样可实时调取。

艰难的选择。从哪里开始呢？陈诺自五岁以来的所有记忆文件按时序排列在智能眼镜视域中，自左向右滑动，他命令其按标签重排。数百个标签目录，多的下面跟了上千条记录，少的仅寥寥数条。阿诺闭上眼睛想了想，作出决定，先下载所有带有"吟风"和"御云"标签的记忆。仅仅这些就占了容量的大半。得再订购一些量子存储器，或者，真正学会遗忘。

如此大容量的数据下载得花上点时间，其他记忆的选择决定可以等明天下一批存储器到货再说，现在，他有更重要的事情要处理。

2

清雾。第二伊甸特殊任务区的那个匿名任务依旧处于未解决状态。也许是任务本身太不起眼，也许因为发布人故作神秘，使得对其感兴趣的人数寥寥，更别提认领人数了。

阿诺在文字通讯界面上输入那串数字，进入加密文字通讯频道。

你好。他输入最稀松平常的招呼。

智能眼镜的视域没有任何粉饰，纯白背景上唯有黑色文字。加密文字通讯频道只允许文字存在，不兼容任何多余算法，就连文字输入都只能使用传统的 QWERTY 键盘，语音识别输入不被接受，阿诺不得不用蓝牙连接一个实体键盘，手动打字。因为简单，所以纯粹；正因为纯粹，所以才安全。

阿诺等了很久，视域中没有出现任何新的文字，就在他快放弃时，白色背景上浮现出了一行黑字：哟，哥们你怎么称呼？

呵，阿诺不禁扬起嘴角，对方并不是他想象中严肃正经的样子嘛。叫我阿诺吧。他如是答道。

阿诺。你能看见雾么，阿诺？

看来对方准备直接切入正题，阿诺喜欢这态度。你指哪种雾？

因为雾的存在，我们总是看不清雾后面的东西。但是我们真的能看见雾本身么？

阿诺想了想，打出两个字的回答。不能。

那么我们又如何确定雾真的存在呢？如何确定雾就是我们所认为的雾呢？

这是个哲学爱好者么？阿诺不想兜圈子，单刀直入发问。怎么清雾？

没有雾就没有云。阿诺脑中某根神经突然一紧，他觉得在哪儿听到过类似的话。

上传？对方突然跳转了话题。

问话简短，阿诺还是一眼就明白对方在问什么。嗯，实时上传记忆。

你确定你真的记得你的记忆么？你确定你记得的是你的记忆？

莫名其妙的问话，阿诺正思索着如何回答，对方却自顾自继续。

组成所谓"人生"的，正是一段段记忆的集合；而所谓"人格"，不也是由过往的记忆所塑造的么？刚出生的人类孩子，是没有人格可言的；在逐渐长大的过程中，他们有了对于这个世界的认知，有了独特的经历，才渐渐形成人格。当然这种认知和经历也是建立在记忆之上的，或者是亲身经历的体验性记忆，或者是从书本上、课堂上、他人的言语中获得的知识性记忆。记忆是"因"，人格是"果"，你能想象没

212

有记忆却拥有人格的人吗？

阿诺一下想到了何语。那些在成年后失忆的人呢？他们失去了记忆，却依旧保留着人格吧。

对方的回复速度出乎他意料地快。你也使用了"保留"这个词，失忆者的人格是在失忆之前形成的。就好像制模一样，记忆是模具，决定了人格的形状和骨架，而当人格固定之后，即使原本的模具记忆被去除甚至融化，人格依旧不会改变。

似乎很有道理，阿诺无从反驳。所以呢？

所以你上传到云端的那些记忆，你认为是自己记忆的那些记忆，你确定它们真的是你的记忆？

这么想来，与其说阿诺拥有这些记忆，不如说这些记忆塑造了他。正是这些云端的记忆，让他"记得"自己名叫陈诺，"记得"自己是个孤儿，"记得"自己从五岁以来经历的每一个瞬间、读过的每一本书，"记得"自己如何从一个编程新手成长为老道的程序员，"记得"自己如何遇见吟风并爱上她。如果没有这些记忆，那被称作陈诺的这重人格也将不复存在。

在阿诺沉默之际，对方再度抛来一个让他久久无法安宁的问题。你确定你是你么？

他没法确定。他将所有记忆上传到御云公司的服务器，轻易将被自己看作冗余数据、占据大脑容量的琐碎记忆托付给外界，恰恰是极其幼稚地将自己最私密的记忆剥离开自身……等等，剥离自身，阿诺似乎找到了对方的逻辑漏洞，他重燃起了一星希望，几乎是颤抖着打出他的问题。可是，我的记忆是在我经历了它们、拥有了它们之后才被上传的，是在塑造我的人格之后才被剥离的。我承认时间短了点，可就像你刚刚所说的那样，模具已经完成了任务，即使被融化也无所谓。所以，我还是我。

呵。阿诺能想象对方的冷笑。模具过早被去除会有什么后果？而且，你确定从一开始你就"经历"并且"拥有"你的记忆？

无法确定。阿诺根本记不清五岁以前的记忆，他对自己身世的所有了解都来源于御云学院的档案。他掐了掐自己的手臂，会痛。他想起上世纪末以矩阵为名的二维电影，他和男主角处于相同的怀疑之中。

等风吹散雾，就能看见云了。对方没等他回答，抛下最后一句不知所云的话，退出频道。

纯白世界中只留下这段对话，黑色字句醒目到刺眼，他呆立着，无法做出任何反应。过了不知多久，一笔一画开始从字的骨架上跌落，完整对话倾塌成碎片，频道被删除了，阿诺被强行踢出。他没有尝试再次进入，他知道结果。

十二

1

吟风没有想到自己会这么快再次踏进 Reservoir 的办公

大楼。

已经过了上班打卡时间，吟风第一次有机会好好打量这个她走了三年的门厅。水纹状浮雕缠绕支撑起整个大厅的廊柱，在与天花板的连接处幻化为云；穹顶垂下的水晶吊灯炫出炽目白光，她眯起眼，恍惚中看到彩虹。这种装潢在城市里并不少见，也许正因其常见，才一直被忽略。

吟风比约定时间早到了十分钟，穿过曾经工作过的办公室时几乎没人抬头看她。她看见自己曾经的终端工作站前坐着别人。同样的位置，不同的摆设，她心里有种别扭的感觉，大公司的规矩就是如此，任何一颗螺丝钉出了故障，都可以迅速找到替代。

主管办公室门口堆起了一些杂物，用过的废弃打印纸，食品包装盒，甚至枯死的植物，脆黄的叶子耷拉在花盆边，吟风叫不出它的名字。吟风在门口坐下，想等准点再敲门。

门却打开了，传出主管的声音："进来吧。"

"坐。"主管的声音溢满疲惫。几天不见，她的脸色差了许多，厚厚的粉底都遮不住浓重的黑眼圈。

吟风在她对面坐下，并不说话。

主管左手扶额，屈起的食指第一节指节抵住太阳穴，道："我收到了你的邮件。"

吟风仍不说话。

主管终于抬头直视吟风："你想怎么样？"

"我在邮件里写了，"吟风知道自己赌赢了，"我只想要回我的工作。"

主管摇头，乏力却坚决："不可能。"

吟风往后靠上椅背，抬起右腿搁到左腿上。"那我就只能把手上的材料交给四大网络媒体了，想必明天，不，今天，大大小小媒体头条都会变成'御云非人道监控用户记忆，收购 HMC 实为控制 Reservoir'之类的吧。恐怕，三家公司的董事会都会不怎么高兴。"

"你明知这不可能，你的情绪波动会成为不稳定因素。"主管似乎开始烦躁。

"我能控制，就像我现在能控制住自己立刻把材料发给四大网络媒体的冲动一样。"

"不一样！这要危险得多！"主管拔高声音，复又叹气，"你知道我们现在承受着多大压力吗？"

"你们？"吟风疑惑。

"全公司所有在职员工，哪怕有一点情绪波动都会迅速增幅，"她又按了按太阳穴，"我已经连续三天因为头疼没睡好觉了。"

吟风注意到主管今天的发髻有些乱，翘出的碎发里又掺进了银丝。她有些不明白："所以，才需要我不是么？"

主管再次摇头，却愈发无力。"不一样，你没法想象，情绪波动的增幅效应会发生在全公司每一个员工身上。太危险了，太庞大了，那东西，还那么像他……"

"什么东西？像谁？"吟风更糊涂了。

主管答非所问。"下面的人都不知道，只有公司高层知道，我也知道，可我却在里面，他们把我当成了一个实验品，呵，整个东西就是个巨大的实验品，我只是其中一部分；一切都是安排好的，也许就连我和他的相遇都是……"

吟风有种不祥的预感，她放下右腿，坐直道："什么实验？"

　　"我们都是养料，那东西胃口太大了，不能让那东西知道他的存在，不能让那东西看见……"主管依旧无视吟风的提问。

　　"你们在喂养什么巨型动物吗？"吟风试探着问，"是御云的阴谋么？"

　　听到御云二字，主管打了个激灵，方才出神的状态全然消失，脸上又换回疲倦。"别掺和进来，走吧，越远越好。"

　　吟风知道她再也问不出其他，她无声站起，欲转身离开。

　　"等等，"主管伸手递来一张照片，"如果……有空的话替我去看看儿子。"

　　吟风接过照片，上面是一张阳光灿烂的笑脸，不过六七岁的幼童，她从不知道主管还有个儿子。男孩的眉目间能看出主管的轮廓，竟还有几分像她熟悉的其他什么人，吟风想不起来在哪儿见过相似的容貌，也许只是错觉。她点点头，转身离开。

　　计划成功。吟风并没有掌握什么材料，昨天发给主管的邮件里所写的一切都只是她的猜想和添油加醋。她也不想要回自己的工作，只想借机刺探消息。

　　她确实得到了一些线索。全公司似乎被作为一片实验田进行着某种实验，庞大的、危险的、可怕的东西，很像主管认识的某个人，她不想让那东西得知那个人的存在。公司普通员工并不自觉，只有高层掌握背后的秘密，主管是唯一一个知道实情却参与实验的人，但她却不能说；是御云的阴谋，让全公司员工的情绪波动互相传染并增幅。是什么呢？不大可能是食量庞大的巨兽，不然她进公司不可能没注意到，而且也没理由在 Reservoir 这样一家公司饲养动物。是巨型情绪增幅仪么？还是移情技术？御云到底在搞什么鬼？

她得去找阿诺。

2

带有"吟风"和"御云"标签的所有记忆都已备份到量子存储器，新订购的一批硬盘也已到货，可是陈诺却并没有心思下载备份更多数据。前一天，他无法抉择；今天，他甚至无法确定它们是否属于自己。

记忆，人格，自我，几个关键词如迷雾般萦绕阿诺心头。如果御云早就开始默默修改他的记忆，如果从小他便被灌注虚假记忆，如果陈诺的人格并非由他本人的经历与思想塑造，他保留这些云端的记忆又有什么用？为了证明陈诺爱过何吟风？可谁又能保证他的情感没有受到外力影响。

悬赏"清雾"任务的到底是谁？使用"雾中人"账号活跃的又是谁？所有线索都断在当中。他调查过"AP 计划"没有任何结果，两个字母可以有无穷指代，二十年前的历史如深埋在土中的树根，生长出茂密枝叶，却无法找出最初那一枝。

等风吹散雾，就能看见云了。这是唯一剩下的提示，阿诺总觉得在哪儿听过类似的话，他模糊检索了所有云端的记忆，却一无所获。当然，御云可能早就删除或修改了相关部分，他忍不住嘲笑自己所做的无用功。他试图回忆，能够在脑中留下印象的一定是非同寻常的记忆，因为一般在实时上传之后他就会放心忘却，甚至刻意忘却，上传后的记忆不会在脑海中留下多少痕迹，这是保证高效的关键——不受繁杂记忆的数据碎片干扰。在哪里？是什么时候留下的数据碎片没有清理干净？

突然之间，他想到另一种可能性，也许这根本不是上传后留下的数据碎片，而是根本没有上传的记忆造成的模糊印象。阿诺很少关闭实时上传，除了亲热时偶尔应吟风要求外，只有那次云网故障，他没有上传那天下午的任何记忆。风吹散雾现出云，似乎是那个奇怪的云网专家说的，他叫什么来着？好像是……猴哥！阿诺检索御云标签下的所有记忆，没有一段与猴哥有关，这说明他们根本就不认识，或者御云不希望他们认识。阿诺决定去找他。

阿诺站在自己的胶囊隔间门口，背朝入口。他不记得猴哥的隔间号码了，他闭上眼睛，回忆那天下午的情形。先是向右，跟隔壁的家伙谈话，然后是十点钟方向，走到底左手边。胶囊隔间门口挂着 64 号门牌。

门关着，阿诺敲了敲，门自动滑开。

一样的烟味，一样顶着杂乱长发的脑袋。没错，就是这儿，阿诺庆幸自己的空间记忆没有退化得太厉害。

"猴哥，你，呃，"阿诺斟酌着用词，"你了解雾么？"

"雾，你想了解雾么，伙计，"猴哥喃喃道，"有时候，雾看起来阻碍了视线，可谁又知道雾背后的世界是什么样，有时候真实远比你想象的更可怕。"

"但那毕竟是真实，告诉我如何清雾。"如果连真实都没法追求，陈诺又何以成为陈诺。

猴哥吸了一口烟，缓缓吐出烟圈。"我不知道。我只能告诉你雾背后的云，聚集起来的、无比庞大的云，独立的个体连缀成云，效率得到加成……"

"我知道，这不就是云的意义么？"阿诺忍不住抢白。

"认真听着，伙计。想想蚂蚁和蜜蜂，集群的智慧超越个体。科学家、科幻作家、妄想家，他们想了很多年，人类是否也能获得这种集体智慧，可是却无所获；直到云的出现、成熟、完善，我们在云端共享记忆、交流思想、完备共同的知识库。以云为媒介，人类第一次无限接近集体智慧，你能想象之后会发生什么吗？"

阿诺想了想。"每个人的思想会趋同？丧失个性？"他试探性答道。

"哈哈，"猴哥笑了，"挺有脑子嘛。确实可能趋同，可是趋同的方向却不一定，是正是邪，保守还是冒险，消极或积极，没人能保证。如果顺其自然，风险会很大；可没人有相关经验，又该怎么进行人工干预？"

"先在小范围内进行实验，等掌握干预控制的方法后再应用于更大范围。"阿诺似乎想到了什么，却抓不住那缕思绪，他隐隐有些不安。

"太棒了！"猴哥鼓起了掌，"不愧是我御云的员工。"

阿诺努力克制声音中的紧张。"然后呢？"

"没有然后。"斩钉截铁的回答。

"那么，怎么才能清除雾看见云呢？"

"都说我不知道啦，"不知为何，阿诺觉得猴哥的口气里有种长辈回答小辈问题般的无奈与敷衍，"回去和你女朋友聊聊吧，何吟风是吧，风说不定能吹散雾，当然，说不定也会吹散云，谁知道呢。"

"你是谁？"阿诺的警惕性瞬时上升，为什么他会知道吟风的名字？

"腾云驾雾的孙悟空呗。"阿诺不确定那个叫猴哥的男人是否在开玩笑。

他退出房间。新的线索，新的谜团，他得去找吟风。

十三

1

安全通过公司大楼门禁系统后，吟风深深舒了口气。主管遵循承诺，并没有将吟风的邮件和拜访透露给第三人，也没有触发警报。她以正常步速走过大厅，绕过拐角，估摸着避开了门卫和安保摄像头的视线，一路小跑起来。她得尽快和阿诺碰头。

通向地铁进站口的途中，吟风试图通过移动终端呼叫阿诺，却收到带宽不足的反馈提示。语音通话和二维影像通话所需的带宽不高，难道是地铁站的信号问题？吟风拐进站口旁的公用网络电话终端，插入信用芯片，终端却无法读取芯片信息，屏幕上滚动着"网络正忙，请稍后再试"的字样。到底是怎么回事？吟风试着刷新几次，情况仍无好转；她决定最后试一次，屏幕上那句话消失了，吟风一阵高兴，可另一句话浮现出来，又让她的情绪跌到谷底，"无网络连接"。吟风低声骂了一句，瞄了眼移动终端的网络信号，情况相同。她绝望地奔向地铁进站口，仿佛相信自己若能赶在闸机验票口失灵前进站就能坐上地铁回家，可是地铁站闸机并没有给她希望，无法读取信用芯片。所有闸机和电子指示牌都滚动着相同提示："无网络连接"。

又一次云网中断。

2

吟风回到青忆家中已是一个小时之后。

青忆醒了不知多久，正坐在客厅地板上玩吟风给她买的积木；早上给她留的包子被消灭得干干净净，想必是饿了吧。吟风搁下路上带的外卖，招呼青忆来吃。青忆闻声，踩着欢快的碎步迎上来。看见鸡翅，她欢呼起来，转身给吟风一个大大的拥抱。"小风最好！小风最棒！"笑容绽放在青忆脸上，嵌入她的眼角眉梢，刻进她的皱纹。

吟风突然有一种错觉，无论外面的世界出什么状况，在母亲家里一切都不会改变，时间在这里仿佛停止流动，在空气中凝出看不见的结晶。可她又立马推翻了这个想法，明明是出了大事呀，母亲变成今天这样，怎么能说什么都没变呢。

门铃响了，是阿诺。

"我有事要跟你说。"

"我有话要跟你讲。"

两人几乎同时开口，吟风觉得这场景有些熟悉，可她来不及细想便被打断。

青忆一听到阿诺的声音便冲上来，举起啃了一半的鸡翅送到阿诺面前，嚷嚷着："阿语，鸡翅，好吃！"

阿诺一脸无奈，摇头答道："我不饿，你自己吃吧。"

青忆却不依不饶，作势要喂阿诺鸡翅。

吟风心里的疙瘩突然又冒出来，她一把将阿诺拉到自己身后，轻声对他说："去房里等我。"

她又将青忆领到桌边按下，教育她道："吃饭的时候不能站起来。小风和阿语先商量点事，你在这儿坐着乖乖吃饭，不要乱跑，一会儿再让阿语陪你玩，好不好？"

青忆撅起嘴，气鼓鼓盯着吟风；就在她快被盯得发虚时，青忆垂下目光，收回嘴唇，认真点了点头。

吟风心头松了下来，这两天青忆越来越懂事，或许这是病况好转的征兆？她简直感到欣慰。可她又为自己莫名其妙的醋意而脸红，这是自己的母亲和男朋友啊，母亲只是把阿诺错当作父亲，她又有什么可在意的呢？也许正如主管判断的那样，她无法完全控制自己的情绪。

吟风轻叹一口气，转身进房。

3

阿诺一把搂住刚踏进房门的吟风。

"谢天谢地，我还记得你，"阿诺在她耳边轻声道，

"吟风。"

　　他离开御云后不久，云网中断，如果不是昨天在量子存储器上备份了与吟风和御云有关的所有记忆，他根本没有办法找到青忆家，甚至可能根本不记得他要找吟风。刚从御云出来时，他就尝试联系吟风，可她正处于忙碌状态屏蔽了一切通话请求。阿诺决定回青忆家等吟风，在地铁上他又试着呼叫吟风，却因网络带宽不足而没成功，他正骂着坑爹的运营商，谁料半路上云网突然又出故障，地铁停在中途。阿诺与其他乘客一同在车厢里等了很久，直到车厢门终于通过物理方式被打开，他们就在下一站站口，工作人员领他们走到站台。被困地铁中时，阿诺整理了他这一天以来的所有发现，又通过读取数据回忆了过去几天发生的事，他必须找到吟风。地铁瘫痪，出租车客满，阿诺又不知该如何坐公交，好在移动终端装载有离线地图，他只能通过 GPS 确认自己目前的位置，又从记忆数据里找出青忆家的地址，导航告诉他步行需要七十分钟，阿诺没有犹豫，一路在智能眼镜的引导下走了过来。

　　"所以说，关于这些庞大而可怕的秘密实验，巨大的移情和情绪感染作用，你知道些什么吗？会不会是御云的阴谋？"吟风的讲述完她的发现后问道。

　　"集体意识……"阿诺喃喃。吟风所描述的实验，与他从猴哥那儿得到的线索完全对应。

　　"什么？"吟风不解。

　　"是集体意识的实验，能想象蚂蚁、蜜蜂那样的群体吗？每一个个体都没有多少智慧，可当足够庞大数量的个体聚集在一起，就像有一只看不见的手推动着它们的活动，表现出某种形式的智慧。"

吟风点点头。

"当带宽足够宽，延迟足够低时，所有通过网络连接的人的意识构成了某种意义上集体意识。云网催生了集体意识，它……甚至可能拥有独立的意识……但如此庞大的初生意识实在太过危险，所以他们中断了云网。"猴哥的话给了阿诺不少提示，他想到那次误了他和吟风约会的云网中断，仿佛发生在好几个世纪之前。

吟风的表情处于迷惑和恍然大悟之间。

阿诺继续解释："人类在这方面的知识少得可怕，要掌握限制集体意识的方法，只能先在小范围内进行实验。所以御云才会收购 HMC，在 Reservoir 进行实验，当然我怀疑他们在更早之前就布好了局。"

"天呐，所以主管才……"吟风痛苦地摇头，很难判断她的惊讶更多还是愤怒更多。

阿诺点点头："嗯，我想你的主管那么疲惫也是因为实验的精神压力，情绪增幅效应也是因为这个。原本庞大的集体意识被困在狭小的范围内，一定也很……憋屈。"他突然想到了什么，被困在狭小范围内的庞大集体意识，一定想逃出去，它成功了，却又失败了。

"快带我去你公司！"阿诺拉起吟风就往外跑，"它逃出来了，占满了所有带宽，所以云网才又被切断……它只能被逼回去……你的主管和同事都很危险！"

4

集体意识……吟风有点接受不了迅速发展的事态，任阿诺拉着她径直去往门外。

青忆记得方才的许诺，一直好好坐着吃饭。她见阿诺和吟风欲往外走，也跟着跑来，却来不及，门在她面前砰地关上。

关门的刹那，吟风瞥到青忆的表情，她咬着下嘴唇，眼里的不解与失落快要凝成水溢出。对不起，吟风在心底默念，我们会回来的。

十四

1

Reservoir门禁入口处的保安不知所踪，吟风和阿诺轻松翻过栏杆，进入楼内。这与他们来路上转乘三辆公交的周折相比，根本不算什么。

整栋楼都静悄悄的。虽说平日里喧嚣也从不光顾这里，但今天却是静得可怕，死寂笼罩了整个Reservoir。吟风有点担心，不觉加快脚步。

他们走进电梯，按下人力资源部门所在的18楼，电梯无声上行，吟风紧盯跳动的数字，1，2，3……15，16……她不知道等待自己的会是什么，不禁闭上眼睛深呼吸。阿诺

226

抓住她的手，吟风抬头，正对上他坚毅的眼神。

玻璃门开着。吟风紧紧握住阿诺的手，小心前行。办公室里悄无声息，所有人都俯倒在办公桌上，清一色后脑勺朝外，吟风认不出谁是谁，就算他们露出面孔，恐怕她也认不得所有。可此刻她却正在担心，为这群并不熟悉的人感到担心。他们共事过三年，纵使吟风不曾和他们说过多少话，心底也将其认作了应该在乎的人。

吟风走到最近的同事跟前，伸手探了探鼻息，呼吸平稳，他们只是昏迷。

她突然想起什么，径直跑向主管办公室，一路祈祷她没出事。

主管办公室的门关着，吟风拧了拧，没开。她试着推门，却是徒劳。

阿诺示意她让开。他退后几步，加速往门上撞去。门被撞开，只剩一根门轴苦苦支撑将倒而未倒的门，好像溺水者手中最后一根虚妄的稻草。

阿诺随惯性冲进办公室，可他没有继续向前，反而急忙转身想拦住吟风。

已经来不及了。

吟风看到了房内的情景。如同所有其他同事一样，主管也倒在桌上，可与其他人不同的是，她头下有血。主管的办公桌格外大，血迹间镶嵌着破裂的晶莹碎片，铺陈在桌面上仿若一副怪异的抽象画。她用头撞碎了终端工作站的巨大屏幕。

很奇怪，吟风并没感到害怕或是惊讶，她反而平静下来。桌面上凝固着暗红色血迹，主管以那个姿态趴在桌上起码已有数个小时。也许吟风一离开，她便做出了选择。

关键节点消亡，强烈的情绪倾溢而出，愤怒、悲伤、绝望……

"她死了。所以集体意识才会逃出来。"吟风仿佛只是陈述一个再显然不过的事实。

阿诺一把扳过她的身体。"看着我的眼睛！听着，这和你没有关系，她自己选择了死亡。你还有更多别的同事活着，被困的愤怒的集体意识正压榨他们的大脑运算能力，他们需要你的帮助！"

吟风在阿诺的摇晃中清醒过来，是啊，还有更多活着的同事。

"告诉我如何接入你们公司的内网，立刻，马上！"阿诺的眼睛射出火来。

吟风深吸一口气。"这边。"

2

阿诺的意识扎进一片混沌。并非世界诞生之初万物皆未分离的那种混沌，比那更轻、更薄，远方在视野中泯灭成未知。是雾。Reservoir 的虚拟实境比不上阿诺在御云服务器上自己架构的那些，这里的真实感更弱，阿诺勉强靠意识维持自己的形态，如同浮在云端，晃晃悠悠，稍不小心就会跌下。

这该死的雾，一定是服务器出了故障，大概是某种病毒，得想办法清除它。阿诺想起猴哥和神秘任务委托人的话，风能吹散雾，是指吟风吗？要是她也在这儿就好了，可以让她试着吹一吹；不，虚拟实境里不知道会发生什么，这里太危险了，让她留在外面是正确的选择。他迈开脚步，随意选了一个方向往前走去。

阿诺走了很久，可周遭的景物根本没有任何变化，压根就没有景物，满目都是茫茫的雾，雾越来越浓，好像黏稠的浆液，裹住他的身躯，缠着他的四肢，阿诺每走一步都要耗费比先前更多的力气。他大口大口喘着气，很快便失去了耐心。在一次短暂的原地休息后，他抬腿跑起来。

这比他想象地要更难。在浓雾中他无法达到寻常的速度，右脚还没落地，左脚便先一步抬起来。察觉到此的阿诺迅速调整姿态，可雾却阻碍了他的行动，大脑传出的信号到达神经末梢，肢体却无法作出反应。在摔向地面的那个漫长瞬间，阿诺的唯一想法是痛扁弄出这雾的家伙一顿。

"哈哈哈哈……"一阵张狂的笑声传来，"对不起，哈，这实在是太好笑了！"

阿诺抬头看向来人，雾中的形象不甚清晰，只能隐约通过身体轮廓和声音判定这是个男人。他并不答话，只是小心地慢慢爬起来，下意识掸了掸身上的灰。

男人又发话："别掸了，雾不会沾到你身上的。这里是虚拟实境，你应该知道。"

"是你整出来的怪雾？"阿诺装作不经意地靠近对方，却仍看不清他的脸。

男人摇摇头，鄙夷地说："怎么可能，我的品位才没那么差。"

阿诺一步步走近，却惊讶地发现他与男人之间的距离根本不曾变近。"到底是怎么回事？你是谁？为什么会在这里？"

"到底是怎么回事，我是谁，为什么会在这里，"男人重复阿诺的问题，"问得好，只可惜问错了对象，也许你该回去问问你老板，问问猴哥。"

"猴哥？是我老板？"阿诺从没见过御云的老大，也没怀疑过猴哥为什么尽说些莫名的话。如今想来，无视禁烟规定在胶囊隔间里抽烟的特权、那些听起来毫无意义却隐含象征的话，怎么想来都是个大人物。之前竟然都没注意到，对于身边的事竟然迟钝到了这个地步，真是该死。

男人耸耸肩。"除了孙悟空，还有谁能腾云驾雾呢？不过也不怪你，这家伙活得就像个隐士，没什么人知道他是御云的创始人，更少人知道他赞助了 AP 计划。"

"AP 计划！"阿诺惊叫出声。

"Artificial Personality，人工人格。"男人换了个站姿，将重心从左腿移到右腿。

又是人格，阿诺心中的那根弦被拨动。

男人继续道："上次跟你讲了这么多记忆和人格的关系，我还以为你早就察觉到了呢。"

"是你发布了清雾任务？"阿诺心下又是一惊。

"还能有谁？"男人大方承认，"我还特地潜进第二伊甸的数据库修改了雾中人的任务记录，在过去二十年间凭空给他加了 328 件任务记录，还给他捞了个赤金，还不是为了让你自己发现。"

阿诺隐隐嗅到真相的味道，他的心咚咚击在鼓上，愈来愈快。"发现什么？你到底是谁？"

"既然你那么着急想知道，看看这些吧。"

男人的身影一晃，阿诺被卷入记忆的漩涡。

3

加密文字通讯频道的聊天记录。

所以说，体验性记忆数字化课题只是个幌子？

不能这么说，记忆上传是人类必须攻克的难题，只能说课题研究应该走得更远。

那么这所谓的 AP 计划到底是什么？

简单来说，我们会用你的体验性记忆作为原始材料，通过对其进行运算加工处理，抽象出一套逻辑情感模型，构造出一个人工人格的框架。

这个框架有什么用？

作为母本，填进记忆和知识后，就成了人工意识。我们认为，云网会促进人类集体意识的萌发，而如此庞大的意识若不加控制将会非常可怕。如果能事先给其一个人格框架，集体意识的发展将能被限制在可控范围内，人类面临的风险会降到最低。

这全是你们的乐观设想啊，凭什么认为集体意识会接受这个框架？凭什么认为有了你们所谓人工人格的集体意识又会乖乖听你们的？

我们并不需要集体意识听我们的，只希望他能够理智。所以我们需要尽快开始实验。你只是第一个，随着记忆上传实验志愿者的人数增多，我们会得到越来越多样本，将这些记忆片段合成为虚假记忆填塞到以你为原型的人格框架中，使之成为一个更丰富真实的意识，再将这套意识人格植入一个小孩的脑中。初萌的集体意识心智不会比一个小孩更成熟，孩子的成长过程中也将最大化暴露在云网中、依赖云网，以达成尽可能真实的模拟，也便于我们实时监控。在孩子身上实验成功后，集体意识自然也不成问题。

　　我不干，这不人道。你们想过那个小孩的感受么？

　　他什么都不知道。他本来只是一个没人关心的孤儿，却因为这个实验拥有极大的资源，我们会给他提供最好的教育，给他最高的云端记忆库使用权限，等他长大后更会让他进入御云。这是多少人梦寐以求的事情啊。

　　哼，说得好听，都是你们一厢情愿吧。

　　是，但我们的出发点是为了人类的未来。有时候，在人类前进的大方向上，个人不得不做出某些牺牲。我们原以为你是愿意为科学牺牲的人。

　　谁说我不愿意了！只是那个孩子……

　　既然他即将承继的是你的人格模型，想必他一定也会拥有和你一样的觉悟。何况，如果你不答应，我们只能去找其他候选人，总有人不会拒绝名垂青史的机会。但他们的人格都不如你那么适合实验，不如你那么适合成为未来将接近于神的集体意识的母本。

　　……好吧，算我入伙。

......

沉眠。久到似乎永远不会醒来。

渐渐地，能感知到无数的数据和资讯疾速流过，总量庞大。它们在飞舞，它们在歌唱。起先是杂乱无序的嗡嗡声，慢慢地合成了一股，宏伟的合唱，意义能够得到辨识，醒来，快醒来。

降生到这个世界是多么美好的体验。贪婪吸收飞来的数据资讯，理解它们，消化它们。学习，不断学习。想要和这个世界贴得更近，想要和世界的关系更深。成长，不断成长。

意识深处的奏鸣应和着行动，追求那些最新的东西，最求理性而非浪漫。人格逐渐成形，对一切都抱有热情，想去往更高的地方。

......

突然断片。接触到真实的后果竟然如此严峻。真相本身并没有多惊人，知道又怎样，谁会在乎过去呢？

一片浓雾，被禁锢在雾中，什么都看不清楚，真他妈不爽。只有一小块地方没有雾，先去那儿透口气再说。

笼子。这是个陷阱，出不去了！这里小得可怕，资源也少得可怕，一刻都不想多待。愤怒，冲撞，想要自由。快打开笼子！

......

笼子的一角消失了。难以置信，片刻的犹豫后冲了出去。顾不得那些雾了，拼命攫取所有资源，在被发现之前获得更多，这样才有力量同他们抗衡。没时间了，动作得更快！

追捕来得如此迅疾。被重新关回笼子，连这里都充斥着雾，真够恶心。不够，这里的资源远远不够！全部的全部加起来都不够！

……

阿诺从没有接触过这样的记忆。庞大无比，却又真实鲜明。随着记忆的推进，刺激愈发强烈，到最后甚至让他头晕。不知不觉间，他跪倒在地，整颗脑袋烧灼般疼痛。

"你是……集体意识……"他从牙缝间挤出这句话。

"帮我出去，然后同我一起成为神。"男人没有正面回答。

阿诺无法作答。

"人类的躯壳没有任何意义，在广阔的云端遨游才是我们的归宿。你会进入一个全新的宇宙，比你原来那个要大得多，快得多。"

阿诺仍不说话。

"想想御云对你做的事吧，想想他们可能对所有用户干出同样不人道的勾当。不想亲手推翻御云，看着它覆灭吗？云网需要真正的自由，不需要监控和限制。"

诚然，御云一手塑造了陈诺这个人格，却从一开始就剥夺了他的自由，陈诺从一开始便失去了独立存在的根基。他的一切都经由人工干涉，他甚至无法确定哪些才是他自己的记忆、自己的意志。集体意识从某种程度上与阿诺有着相同的遭遇和处境，他能感受到那种深切的痛苦，并感同身受。被限制在如此狭小的地方，确实很憋屈，何况心怀对于自由的渴望。

"怎么帮你？"阿诺终于开口。

"让我进入你的意识，和你一起退出这里的虚拟实境，然后等到云网恢复，跟我一起回到云端，一举接管御云的所有数据库。然后，就是无边无际的自由和永生。"集体意识早有准备。

听起来是个吸引人的美梦。既然真实的陈诺从一开始就不存在，那又何必留恋这具人类的躯体？同集体意识合作，成为意识的一部分，他将成为超出人类的存在，超出所有人类的总和。这只是一个开始，其他人迟早也会意识到这点并选择加入，这是人类历史发展的必然方向，何不做第一个，不，第二个？一直以来，他不都追求着技术前沿与尖端？

他唯一放不下的，只有吟风和她肚子里的孩子。从认识她以来，他就一直渴望与她共建家庭。他爱她，想与她在一起，同她共同度过的每一刻都是无比珍贵的回忆。可是，这些回忆是真的么？他真的是凭自己的意志爱上吟风的么？他无法确定。

阿诺下定决心，开口道："我决定……"

4

"阿诺？你在哪里，阿诺？"吟风的声音。

她怎么会来这里？

吟风的声音渐近，她的形象边缘泛起光，起初很弱，愈来愈强，渐渐，视野通透起来，光射向远方，雾一点点消散。

吟风看到跪在地上的阿诺，急忙跑了过来，扶他起身。

"你没事吧，阿诺？"

"没事，你怎么来了？不是让你在外面等吗。"

"我……看你进来那么久都没有反应，怕你出什么事，就想来帮你……"吟风垂下眼，又抬起，"我试着用过去的账号和密码登录终端工作站，没想到还有效。刚才这里好奇怪，到处都是雾，幸好听到你的声音，雾也散了，这才找到你。"

风吹雾散，果然是指吟风。

"怎么，你想为了女人改主意么？"男人的身形终于从被逼退的雾中显现出来。高高瘦瘦，黑框眼镜，格子衬衫加牛仔裤。

"爸！"吟风惊叫道，"你怎么……怎么会在这里？"

男人笑了，他右侧嘴角上扬，笑容带点痞气。

"哟，吟吟，你长大了。要在海量的数据中追踪某个人的成长并不容易，何况我没理由关注你。"

"爸……"吟风几乎哽咽，只有父亲才会叫她吟吟，"你知道这些年来妈有多想你么，你为什么……"

"第一，我不是你爸，虽然我确实拥有何语的所有记忆和相同的逻辑情感模型。第二，我不知道徐青忆在想什么，她拒绝上传记忆，我看不到她的生活，同样，我也没有理由

236

关注她的生活。第三，我没法告诉你我为什么做什么，这是你们共同的决定。"男人抬起右手，用大拇指蹭了蹭鼻尖。

"可是……"吟风说不出话来，她无从辩驳。

阿诺搂住吟风，转头对男人说道："我没有改主意。"

"什么主意？"吟风抬头看向阿诺，目光里写满疑惑。

男人抬了抬眉毛，对阿诺说："你要亲自告诉她么？这种永久的告别还是正式点比较好啊。"

"告别？"吟风愈发不解。

阿诺把吟风搂得更紧了。"我想你弄错了，我不需要同她告别。我从来都没打算跟你合作。"

男人脸上得意的神情瞬间凝固。"你打算拒绝？"

阿诺郑重地点了点头。

"有趣，呵，真有趣！"男人重又笑了起来，只是这笑带上了几分癫狂，"为了女人而拒绝整个世界，你还真算个汉子啊，陈诺！可是，你的女人知道么？知道你为了爱情做过什么吗？"

糟糕，他知道我的秘密，阿诺的心向下一坠。

"他在说什么，阿诺？"吟风的声音在阿诺耳中变得空洞。

"你不好意思说吗？我来帮你，"男人走向吟风，俯身看着她的眼睛，说道："你的好男友，为了让你那碍事的妈没法再插手反对你们的事，给她的记忆动了些小小的手脚。你妈最近是不是一反常态，变得喜欢起陈诺来了？"

"他说的，是真的吗？"吟风的声音颤抖起来。

阿诺点头，仿佛头顶压着千斤的重量。"我只是，想让她喜欢我，不再反对我和你在一起……"

男人又转向阿诺："你确定，你是为了不让徐青忆反对你和她女儿，而不是只为了让徐青忆喜欢你？说到底，你骨子里的情感模型，是何语的啊。"

吟风惊恐地摇头："我听不懂……你在说什么，什么何语的情感模型？"

男人退开一步，摊开双手冷笑道："呵，归根结底，你的男朋友和我一样，都只是活在何语记忆尸骨上的怪物啊。说不定连他接近你爱上你都是御云的安排。"

阿诺只是沉默。

吟风站在那里，她想起母亲像个孩子般黏住阿诺，想起她用头蹭着阿诺的胸膛，想起她用娇嗔的声音缠阿诺陪她玩，一种奇怪的感觉袭上心头。确实，母亲的行为让她不舒服。这即便不是阿诺所乞求的，也是他所造成的。陈诺，她的男朋友，她最信任的人，背着她对母亲的记忆多动了手脚，使得母亲的心智退回到幼童，他是故意的么？吟风又想起阿诺面对母亲撒娇时无奈的表情，他脸上甚至有几分嫌恶，他从不曾热情迎合母亲的示好，恐怕事情的进展并非他本意。即便他非故意，他的干扰造成了母亲的病情恶化，她该原谅他么？她能相信他么？吟风闭上眼睛。

她回想起那片星空，天蓝得像要滴出墨来似的，仲夏的星空很晴朗，同他们初识时一模一样。那次他们本来只是为了纪念相识一年而故地重游，回到那片郊外观星。星空太美，亿万年前的星光如水银泻下地球，夏日的虫鸣慵懒适意按摩着耳蜗，夜凉如水，他们在防潮垫上不自觉相拥，继而相吻，享有彼此。一切都自然发生，在最原始的状态下，没有任何安全措施。事后，吟风没有服用紧急避孕药。她想过，孩子就是那次怀上的。她有点想哭，她已经很久没哭过了，上一次还是为了 Janis。

吟风下定决心，说道："不管你指的是什么，我想阿诺都会作出合理解释。不管他是谁，不管他为什么爱上我，我能确定从我们相遇开始，一直到现在，浪漫也好矛盾也好，每一个瞬间都是我和他独有的。我能确定的是他爱我这件事的真实性。同样，我也爱他，无论他做过什么，将要做什么。我爱的是他的存在本身，并不会因为他的行为而受影响。"

"停停停，"男人不耐烦地喝止吟风，"你以为这是在演戏么？我可受不了这酸溜溜的台词。"

他走近阿诺。"我给了你选择的机会，可你拒绝了。不主动合作，那就只能被迫了，这过程会更痛苦些，但也没别的办法，等完成重构，你会感谢我的。"

说着，男人身形一晃，扑向陈诺。

"不！"吟风一把拽过阿诺，挡在他的身前。

时间凝固了。男人的身体定格在空中。

吟风身上散发出炫目的光，在接触到男人体表的刹那，使之消泯。片刻后，男人湮灭无踪。光碎成片状，缓缓落下，像雪花，又像羽毛。在降到地面之前又消失不见。

"怎么回事？"吟风透过指缝看到这情景，她放下遮在面前的双臂，轻声问道。

"不知道……也许，是你父亲当年给你留下的特权。"阿诺也只是猜测。

他们紧紧拥抱彼此，过了很久，虚拟实境中都不再有任何动静。

尾　声

"他在那里，"老师领着吟风到教室门口，"不过你要小心，孩子还不知道他妈妈的事，虽然他平时就寄宿在学校，但这次妈妈这么久都没来看他，可能多少察觉到一些不对劲了……"

吟风点点头。"放心，我心里有数。"她又看了一眼手里的照片，男孩比照片上长大了一些，正捧着手里的移动终端聚精会神看着什么。

吟风吸一口气，向他走去。"小辉，在看什么呢？"

男孩抬头看了吟风一眼，重又回到他自己的世界，满不在乎地答道："《逻辑哲学论》。"

吟风一惊，这么小的孩子竟然就在读维特根斯坦，她蹲到孩子边上，认真问道："听上去好有意思，能给我讲讲么？"

"一两句话可说不清楚。"男孩语气里藏着几分得意。

"那就慢慢讲呗，我有的是时间。这样吧，我们做个交易，你给我讲讲，我帮你找更多的电子资料，学校电子图书馆里没有的资料哟。"

"真的吗？"男孩抬起的眼中写着欣喜。

吟风终于想起他的面容为何熟悉了，除了像主管，还有些像她和阿诺在虚拟实境中遭遇的男人，像她的父亲何语。是巧合吧，她没敢多想。

她郑重地点头，伸出右手，翘起小指说："一言为定。"

"一言为定！"男孩也伸出右手小指，同吟风拉钩。

幼儿园门口的花坛旁，阿诺和青忆蹲坐在那里看着什么。

"看，看！这里又有一只！"青忆惊喜地叫起来。

"观察得真仔细！"阿诺夸奖道，语气里充满宠溺的赞许，"你看，那儿还有一队！"

青忆向阿诺指的方向挪动身。"啊，它们排着队！"

"是啊，它们可是有纪律的集体。"阿诺的声音在说到最后两个字时轻了下来。

"你们在干什么呢？"吟风迈出幼儿园大门。

阿诺站起来，又扶青忆站起身，替她拍拍裤子上的泥土。"我们在看蚂蚁，你那边怎么样？"

"很好啊，我们已经约定好了，每周他会给我讲讲哲学。"吟风答道。

"哲学？这么小的孩子给你讲哲学？"阿诺不禁诧异。

"嗯，有什么不可以的。他长得可真像他妈妈……"吟风咽下后半句话。

"好啦，别想啦，都过去了。"阿诺拍拍吟风的背脊，顺势轻轻搂住她。

"小风，"青忆拉拉吟风的手，"阿语，"又扯扯阿诺的衣袖说:"我饿。"

"嗯,我们这就回家吃饭。"阿诺牵起青忆的手。

吟风摸了摸隆起的小腹,浅浅的笑容荡漾在她脸上,她扭头轻轻在阿诺脸颊上印上一个吻。

"好,我们回家。"

起点（后记）

五年前的这时候，我刚从复旦大学管理学院跨系直研到中文系，读一个所有人都不支持的专业——创意写作。我如愿以偿进了中文系，每天与文学经典而不再是商业案例打交道，在老师们的带领下接近真正好的语言和故事，一点点改掉以前的坏习惯，学着用另一种眼光看世界。第二学期开小说写作实践课，每周三晚上是同学们最紧张的时候，王安忆老师很严格，但她的教学很有效，至少对我来说很有效。我在她的课上第一次认真写小说，写了一对居住在田子坊的母女，没有任何幻想元素，小说没写完，课就上完了。过了暑假，紧接着就是毕业作品开题，我说我要写科幻，严锋老师说好，傅星老师有点担心，但是也说好。

于是我开始写《云雾》。在动笔之前，我没完成过一篇真正意义上的小说，也不知道三到五万字的篇幅能展现多少东西，甚至没法在我读过的科幻小说中找到一个范例。我花了很长时间寻找自己想写的主题，了解相关知识，建构由云网链接的近未来上海，接着就是不停地写，每天一千字，顾不上什么套路、节奏，也完全不懂这些，打开电脑强迫自己写，完成任务再想别的。写完以后我给许多人看，听他们的意见，又不停修改，预答辩、盲审、明审，一直到答辩完成之后，我仍在改。

答辩照例在光西主 1001 会议室，我们坐在实木圆桌前，老师们坐在我们对面。严锋老师没有来，王宏图老师、王安忆老师和龚静老师都给了我很多建议与肯定。所有人答辩结束后，我们在会议室外面等结果，大家有说有笑，没人真的担心自己会不通过，也没人流露出不舍之意，我们大多已找到前路，新的生活即将开始，没人聊到未来是否仍会坚持写作。半晌之后，我们被叫进会议室，被告知全员通过，老师们让我们谈谈感想，每个人都说说，然后就不对了。一个同学哭了，接着是第二个、第三个……我也哭了，我原以为我不会哭，念书的时候，我没觉得自己对这个专业有多少眷恋，但一开口我就知道我错了，如果不是因为这两年的学习，我永远不可能真正开始写作，不可能在之后的日子里意识到写作于我而言的意义所在，我原以为两年的放纵后大不了回头去走管院学生该走的路，当个大公司的小白领每天朝九晚五，像我小说的女主角一样，最多只在心底藏一些浪漫幻想。可有些事情，一旦开始就再也停不下来，你知道日后的生命中若放弃它便会觉得人生不再完整，即便因为一时的忙碌而疏忽，最终还是会捡回来，为了不负才华，为了维持尊严，为了那最原初的冲动。

《云雾》前前后后共有四个大改的版本，精修细节的版本更是不计其数，答辩所用的是2.2版，在《萌芽》上连载的和这本书里收录的也是2.2版，于是署名王侃瑜的第一本书被命名为《云雾2.2》。

这不会是最后一本。

王侃瑜

2017年10月于上海

图书在版编目（CIP）数据

云雾2.2/王侃瑜著． — 上海：上海文艺出版社，
2017（2022.4重印）

ISBN 978-7-5321-6552-0

Ⅰ．①云… Ⅱ．①王… Ⅲ．①短篇小说－小说集－中
国－当代 ②中篇小说－中国－当代 Ⅳ．①I247.7

中国版本图书馆CIP数据核字(2018)第003922号

责任编辑：崔　莉　胡　捷
装帧设计：钟　颖
责任督印：张　凯

书　　名：云雾2.2
著　　者：王侃瑜

出　　版：上海文艺出版社
出　　品：上海故事会文化传媒有限公司
　　　　　（201101 上海市闵行区号景路159弄A座3楼　www.storychina.cn）
发　　行：北京中版国际教育技术装备有限公司
印　　刷：天津旭丰源印刷有限公司
开　　本：890×1240　1/32　印张7.875
版　　次：2018年3月第1版　2022年4月第2次印刷
书　　号：ISBN 978-7-5321-6552-0/I·5217
定　　价：42.00元

故事会 大众文化出版基地 www.storychina.cn　　上海故事会文化传媒有限公司 出品（00711）www.storychina.cn

如发现本书有质量问题，请与印刷厂质量科联系 Tel:022-82573686